Jean Rolin

Zones

Gallimard

Né en 1949, Jean Rolin est écrivain et journaliste.

À Hélène Bamberger

« À l'exception des commerçants, les gens qui voyagent sont des inquiets qui ne savent pas rester seuls avec eux-mêmes ; ils vont chercher au loin des images neuves qu'ils offrent à leurs yeux, mais leur cœur reste vide. »

« Car, chose étrange, la plus belle chose que l'homme puisse faire, c'est d'essayer et de ne pas réussir. »

MEŠA SELIMOVIĆ
La Forteresse

1

Dimanche 5 juin

Le dimanche 5 juin 1994, vers 13 h 30, par comparaison avec les pluies incessantes de la veille, il faisait un temps acceptable. Un vent fort poussait de grands trains de nuages boursouflés, lumineux, sombres du dessous pour les plus gros, au-dessus de la statue colossale, d'ailleurs allégorique, qui au milieu de la place de la République brandit dans sa main droite une sorte de palme ou de rameau. Sur la ligne Montreuil - Pont-de-Sèvres, vingt-deux stations me séparaient de ma destination. En même temps que moi monta dans le métro une jeune fille maigrichonne, au regard triste, qu'auparavant j'avais vue descendre, au coin du boulevard Voltaire, d'une automobile « de grosse cylindrée », et qui aurait pu jouer Cosette dans une adaptation contemporaine des *Misérables*. Comme elle était montée dans le wagon précédant le mien et qu'elle s'y tenait debout, à proximité de la vitre arrière, accrochée à une barre métallique verticale, je pouvais l'observer à loisir aussi longtemps que nos deux wagons demeuraient alignés mais je la perdais de vue — ou tout du moins l'angle sous lequel je l'observais à la dérobée variait soudainement — lorsque les sinuosités de la voie rompaient momentanément cet alignement. Jusqu'à ce qu'elle descende, l'idée qu'elle pût ne pas se rendre à Marcel-Sembat (comme moi) prit une importance régulièrement croissante et un caractère de plus en plus douloureux, abolis l'un et l'autre presque instantanément sitôt qu'elle eût pour de bon disparu. En deçà du Trocadéro, en gros, la rame recevait à chaque station à peu près autant de passagers qu'elle en perdait — si bien que leur nombre demeurait approximativement constant — mais au-delà ça descendait bien plus que ça ne montait, et lorsque j'arrivai à Marcel-Sembat nous n'étions plus que trois ou quatre dans le wagon où j'avais pris place à République. Dans l'escalier de la station, je dus contourner le corps d'un type allongé perpendiculairement aux marches, c'est-à-dire dans la position la moins naturelle, la plus inconfortable, et si lourdement endormi, assommé plutôt, que de prime abord on pouvait se demander s'il n'était pas mort.

L'hôtel Phénix donne sur l'espèce de place formée par la confluence des rues du Vieux-Pont-de-Sèvres, des Quatre-Cheminées, de Clamart et Victor-Griffuelhes. En me penchant légèrement par la fenêtre de la chambre 105, au premier étage, je peux voir la façade de brique de l'hôtel Bijou, au coin de Griffuelhes et de Vieux-Pont-de-Sèvres, et sans me pencher, juste en face de moi, une sorte d'esplanade informe plantée de lampadaires à trois ou quatre boules et de kiosques aux toits pyramidaux qui en semaine doivent abriter un marché. Le sol de ce machin est revêtu de carrelage alternativement jaune, rose et noir. Non loin de là s'étend un complexe sportif comportant au moins une piscine et une patinoire. Un groupe d'adolescents agités et bruyants, armés de cannes de hockey, se déploie sur le carrelage tricolore, et ma hantise de la violence me les représente aussitôt comme étant sur le point de se défoncer le crâne et de se rompre les membres à coups de cannes alors que de toute évidence ils ne font que se rendre à la patinoire. À 19 h 30 le soleil est encore haut. On entend le chant des merles, des bruits espacés de voitures et de pas, des échos indistincts de voix majoritairement africaines. À 22 h 30 la nuit vient. Depuis une demi-heure, les lampadaires bulbeux dispensent une lumière de mauvaise qualité parmi les pavillons du marché, au-dessus desquels le ciel, éclairé à l'ouest par les lueurs encore assez vives du couchant, se couvre progressivement, en altitude, d'une couche homogène de très petits nuages gris pommelés, tandis que le débarquement de Normandie fait rage à la télévision. D'un même regard, étendu désormais sur le lit couvert d'une housse jaune, je peux voir sur la gauche le général Theodore Roosevelt (Henry Fonda) appuyé sur sa canne dans le haut de la plage d'Utah Beach, et sur la droite, derrière les rideaux de tulle de la fenêtre trilobée, le sommet des pavillons pyramidaux, la lueur blanchâtre des lampadaires, les trois étages supérieurs d'un immeuble de brique à toit de tuiles, et au-dessus le ciel de moins en moins lumineux et de plus en plus gris pommelé. L'hôtel étant mal insonorisé — ou plutôt normalement pour un établissement de cette catégorie — et les chambres étroitement imbriquées, on entend à tout instant des bruits de remplissage ou de vidange, de clefs tournant dans leurs serrures, de pas sur les planchers ou de cintres s'entrechoquant comme des ossements dans des armoires vides.

Lundi 6 juin

À 4 h 45, des trombes d'eau m'obligent à annuler l'opération d'assez grande envergure que j'avais prévue pour ce matin. À 8 h 30, les trombes se sont changées en bruine. Les rues sont pleines d'enfants et de mères de famille. Boulevard Jean-Jaurès, un vieil employé municipal maghrébin en combinaison verte capture adroitement, sur le trottoir, une tomate égarée, la coinçant à distance entre sa pelle et son balai tenu à bout de bras, comme s'il s'agissait d'une bête venimeuse ou du moins très encline à bondir. Sur ce même boulevard, à la devanture du marchand de journaux, je relève ces deux titres débilitants (ou réjouissants, selon les dispositions dans lesquelles on se trouve) : « Maigrir à deux » et « J'ai fait l'amour avec Lady Di : nus sur la plage, nous étions au comble du désir ».

À l'arrêt Gambetta du bus 123, qui relie la porte d'Auteuil à la mairie d'Issy, montent trois jeunes gens de bonne famille, un blond, un petit brun dans le genre nerveux et hâbleur, et une fille fadasse. Le petit brun divertit les deux autres aux dépens de la femme de ménage de ses parents, si bête qu'elle croyait être rémunérée au mois et s'étonnait qu'on ne la payât point pendant les vacances de ses maîtres. Ha ! Ha ! Une telle naïveté fait rire de bon cœur le blond et la fille fadasse. Encouragé par ce premier succès, le petit brun, avec sa gueule à conduire des voitures décapotables avant l'âge légal du permis, enchaîne sur l'histoire du studio que ses parents lui ont acheté, mais où ils se refusent à l'installer tout de suite, envisageant de le louer pendant quelques années. « Ah bon ! D'accord ! C'est ça mon studio ! » Exclamations et sarcasmes du trio. C'est tout juste s'ils ont quinze ou seize ans, mais on sent que déjà se sont épanouies chez eux, irrévocablement, des dispositions en somme génétiques à marcher sur la tête et les mains de leurs semblables.

Au fur et à mesure que le 123 s'éloigne de la porte d'Auteuil en direction de la mairie d'Issy, sa population tend à se prolétariser et à s'internationaliser, les gosses de bourges cédant la place aux enfants d'immigrés. À l'arrêt Point-du-Jour monte une Beur très belle, tout de noir vêtue avec de grands anneaux d'or dans les oreilles, les cheveux longs, l'air inquiet, rafraîchissante, en face de laquelle s'installe un vieux Turc à casquette absorbé dans la lecture du quotidien *Hürriyet* dont la une est barrée par ce titre énorme (et que je devine mensonger, ou tendancieux) : « 7 Infaz... Ayni Silah ! » illustré par une photo détourée d'une petite mitraillette de type Scorpio. Montés à l'arrêt Paul-Bert, deux obèses d'âge scolaire, avec cette férocité parfois redoutable des enfants qui ont su échapper, par leur force physique, à la condition de souffre-douleur à laquelle les exposait un handicap quelconque, persécutent un gamin chétif. Assis en face de lui, le plus vicieux des deux obèses s'efforce d'humilier le gringalet en usant de techniques qui n'ont guère varié depuis mon enfance (au point qu'il me semble revivre les persécutions que m'infligeait, dans la cour de récréation des sixième, un gamin énorme, au moral une véritable hyène, répondant au nom prédestiné de Daimon), et dont la plus banale consiste en fausses gifles à la courbe presque tangente — mais pas tout à fait — au visage de la victime, s'infléchissant in extremis, juste avant l'impact, en un geste anodin, tel que grattage d'oreille ou lissage de cheveux, afin qu'à la peur d'être giflé s'ajoute l'humiliation de l'avoir éprouvée pour rien. Au retour de la mairie d'Issy — car rien ne s'oppose, désormais, à ce que j'emprunte les mêmes lignes de bus dans les deux sens, et encore de bout en bout —, le 123 recueille (à l'arrêt Issy-RER) une jeune femme pauvre (mais honnête), accompagnée d'un très petit garçon qui pleure à chaudes larmes en réclamant sa « mamy ». L'enfant a le visage étroit, souffreteux, comme tiré en avant par d'énormes lunettes. Et lorsque la mère les lui retire, assez brutalement, pour les essuyer de leur buée lacrymale, on voit qu'il louche affreusement, et il y a quelque chose d'insoutenablement triste dans ce visage minuscule et noyé de larmes, vagissant, chiffonné autour de deux gros yeux dénudés et loucheurs. On sent que la mère lutte contre l'exaspération qui la gagne : « Tu sais bien que mamy... » Las sans doute de ses propres gueulements, le gamin finit par extraire de sa poche et par se coller dans le bec, de lui-même, une sorte de ressort en celluloïd dont le suçotement le fait taire.

Mardi 7 juin

4 h 45. Dans les premières lueurs d'une aube gri-
sâtre — mais non pluvieuse — les merles sont les
premiers à chanter. Avenue Jean-Jaurès, la vitrine
brillamment éclairée d'un supermarché laisse voir,
de part et d'autre des allées désertes, des rayonnages
garnis de marchandises et des rangées de caddies
emboîtés les uns dans les autres. Place du Pont-de-
Billancourt, des spots verts signalant une glissière de
sécurité clignotent en rafale, de droite à gauche,
sur un rythme très rapide, et font écho aux lumières
rouges couronnant les deux énormes cheminées de
l'usine d'incinération des ordures, sur l'autre rive,
d'où émanent nuit et jour d'abondantes volutes
d'une grasse et belle fumée blanche aux enroule-
ments intestinaux. De la masse sombre du parc, à la
pointe de l'île, émerge le sommet de la *Tour aux
figures* de Dubuffet. Passé le pont de Billancourt,
quai de Stalingrad, quelques lampadaires s'éteignent,
mais pas tous, avant que j'aie atteint la limite d'Issy
et de Meudon, au-delà de laquelle je prends sur la
gauche la rue de Vaugirard, puis, après le pont sous
la voie de chemin de fer désaffectée, sur la droite, la
route des Gardes. Devant la gare du Bas-Meudon

s'étend un petit parc planté de marronniers taillés au cordeau sous lesquels brille, incongrue, une cabine téléphonique éclairée de l'intérieur, en sorte de mausolée d'où l'on aurait retiré le corps embaumé du leader. Au concert des merles se sont jointes d'autres espèces, parmi lesquelles je reconnais les mésanges. On devine dans le lointain tout l'ouest de Paris, quelques tours et quelques dômes se détachant à peine d'une masse grise et brouillée.

Presque en face de la petite impasse, à contre-pente, soutenue du côté de la route par un mur de pierre, où se trouve maintenant et pour toujours, que cela plaise ou non, la maison de Céline, un escalier franchit la voie ferrée avant de rejoindre un sentier pavé, la ruelle aux Bœufs, qui, entre les hauts murs de bâtiments industriels promis à la démolition, descend vers la Seine et les ateliers de l'île Seguin. Depuis le pont qui enjambe la voie ferrée, on aperçoit sur la droite l'arche que forme au-dessus de cette voie la gare rose et blanc du Bas-Meudon, sur la gauche les toits des ateliers désaffectés, une pente couverte de végétation, dans le lointain les arbres du parc de Saint-Cloud et sur la rive opposée les tours du pont de Sèvres. À cette heure-ci — celle, précisément, où s'éteignent les derniers lampadaires —, les chants d'oiseaux tournent presque au vacarme. Depuis le chemin de halage qui suit la rive gauche de la Seine le long de l'île Seguin, on voit aussi — mais ceux-là se tiennent cois — des canards, des grèbes et des poules d'eau. Un chat roux — peut-être celui que Joséphine avait aperçu et que dans sa lettre elle appelait le « fantôme de Bébert » — se faufile parmi les ruines de ce qui dut être une guinguette. Sous l'échangeur du pont de Sèvres, au rez-de-chaus-

22

sée d'un immeuble de bureaux, dans la loge désertée d'un gardien de nuit, son fauteuil vide fait face à un écran vidéo sur lequel se fige l'image immobile d'un parking. Avenue du Général-Leclerc, de l'autre côté du pont de Sèvres, des camions de livraison font la queue devant l'entrée des soutes d'un centre commercial. Un peu plus loin une jeune clocharde aux jambes énormes, assise sur un banc, inventorie méthodiquement son propre fourbi à côté d'une poubelle renversée. Il est maintenant 6 h 30, les gens commencent à se hâter vers le métro, et, sur la place, Le Sembat est le seul café qui semble se disposer à ouvrir.

Mercredi 8 juin

C'est aujourd'hui jour de marché devant l'hôtel Phénix. Le marché est si proche, juste sous ma fenêtre, qu'il suffit que je me redresse un peu sur mon lit pour éprouver l'impression, plutôt désagréable, de faire partie moi-même des marchandises exposées. À midi dix, au pont de Sèvres, j'attends le départ du bus 160 à destination de Nanterre. Deux gamins me taxent d'une cigarette, en usant de tournures d'une politesse presque surannée. Une fille qui se dispose à emprunter un autre bus que le mien, et qui est par ailleurs extrêmement jolie, attend que celui-ci démarre pour se précipiter à l'intérieur afin, semble-t-il, de décourager quiconque pourrait avoir des velléités de la suivre. Et comme je ne vois guère que moi, dans cet embarcadère, qui ait pu éveiller chez elle de tels soupçons, je retire de cette feinte un sentiment mêlé de tristesse et de honte. Le bus 160 ne se presse pas : via Saint-Cloud et le Mont Valérien, il lui faut près d'une heure pour atteindre Nanterre, où c'est également jour de marché. Des bouchers presque tous « halal » y vendent à des dames entre deux âges, coiffées de voiles de demi-saison, des quartiers de viande estampillés de bleu, très joliment, par le consistoire islamique. Bordée de maisons basses et anciennes, la rue Maurice-Thorez est étonnamment familière et rustique. À la terrasse du café Le Point Central, au soleil, deux dames, dont aucune n'est jeune mais dont l'une a tout de même l'âge d'être la mère de l'autre, se chamaillent en grattant.

La plus jeune : « Ben fais-moi voir tes morpions, pourquoi tu fais la gueule comme ça ? Arrête de râler, bon sang, c'est pas normal de râler tout le temps ! Mais tu vas nous faire remarquer, à râler comme ça sans arrêt ! » (tout cela presque d'une seule traite). L'autre, en effet, ronchonne bien volontiers, et même encore laissée seule. Mais ses râleries font cependant beaucoup moins de bruit que les protestations ou les mises en demeure de sa compagne. Même si la vieille râleuse envisageait, quant à elle, d'arrêter de râler, elle en serait d'ailleurs empêchée par les incessantes injonctions de la plus jeune, qui ne visent probablement à rien d'autre. Et toutes deux de gratter à tour de bras tout ce qui se gratte, des morpions, des millionnaires, des tac o tac, des poker plus, des black-jack, des bingo...

La plus jeune : « Tac ! J'ai gagné ! »

La plus vieille, très excitée : « Combien, combien, dis me le !

— Quarante balles. Tiens, en v'là dix : va chercher deux poker, hein ! les nouveaux ! »

Et la vieille de s'exécuter en maugréant, tandis que la moins vieille lui reproche bruyamment sa mauvaise grâce. Mais chaque fois que la vieille annonce son intention de rentrer « à la maison », l'autre l'en empêche. Plus précisément, chaque fois qu'elle se lève pour partir, l'autre lui donne un peu d'argent pour aller racheter des trucs à gratter. Chaque gain (et apparemment la vieille a la main heureuse) est salué par des gloussements et des caquètements infinis, ce qui entraîne une suspension momentanée des hostilités. Mais bientôt la plus vieille de nouveau darde un œil haineux sur la moins vieille — qui, trop occupée à gratter, ne remarque rien — et l'on sent que l'une ou l'autre n'aimeraient rien tant que de prendre un tiers à témoin de leur vieille querelle. Sans doute alors pourraient-elles atrocement se débiner.

« Je m'en va à la maison, moi !

— Mais arrête donc de râler comme ça ! »

Finalement, ayant éclusé chacune son demi et gratté jusqu'à satiété (de telle sorte que leurs gains l'emportent légèrement sur leurs dépenses de grattage), elles se lèvent et partent l'une derrière l'autre, ensemble plus ou moins. On voit alors que l'une tient en remorque un caniche jaune et l'autre un caniche gris.

À Nanterre-Préfecture, je dus choisir entre deux hôtels, l'Allegro et l'Intermédiaires. Quand on sort par les escaliers mécaniques de la station du RER, on émerge au niveau de ce qui doit s'appeler l'esplanade Charles-de-Gaulle, et c'est là que se trouve l'Allegro, sur la gauche. Bien qu'ayant renoncé, au vu de ses tarifs, à m'installer dans cet hôtel, je prélevai sur le comptoir de la réception un dépliant publicitaire dont les premières lignes étaient ainsi libellées : « Dès votre premier contact avec l'hôtel et son personnel, vous comprendrez le vrai sens du mot *hospitalité*. » Eh bien non, justement, ce n'est pas, ce n'est en aucun cas le vrai sens du mot. Si bien dressé que soit le personnel de cette chaîne, dont je n'ai pas eu le loisir de tester les qualités professionnelles, les soins qu'il prodigue à ses clients, moyennant 720 F par jour, n'ont rien à voir avec l'hospitalité, qui par définition ne peut s'exercer que gratuitement. Il n'y a rien d'irritant comme le détournement, par le commerce, des concepts ou des vertus qui lui sont le plus étrangers. Dans la suite du texte de ce dépliant, ses rédacteurs se vautrent dans le « professionnel », le « modulable », le « personnalisé », le « prestige », les « espaces » et les « événements ». Exemple : « des espaces de réunion modulables ». Très bien. Parfait. Ils sont, dans cette fange doucereuse, merveilleusement à leur affaire. Qu'ils y restent donc à jouer avec leurs propres mots — élastiques, mollassons, d'autant plus incassables qu'ils sont pour la plupart hors du sens — et qu'ils laissent tranquilles les mots plus graves et plus fragiles. L'Allegro éliminé, rayé de la carte, il me restait l'Intermédiaires. Un rien verbeux, lui aussi, l'Intermédiaires, et pas toujours très heureux dans sa fureur de communiquer. (Pourquoi tout ce que nous avons connu muet, faisant son office en silence, est-il mis en demeure, aujourd'hui, de communiquer ? Jusqu'au métro qui se met à parler dans le vide, à vous remercier de « votre visite » et à vous souhaiter « à bientôt », comme s'il s'agissait d'attirer ou de retenir une clientèle hésitante, capricieuse, comme si le fait d'emprunter ce moyen de transport ne relevait pas uniquement de la nécessité.) Ainsi l'hôtel Intermédiaires nous annonce-t-il d'entrée de jeu — comme si, une fois encore, le « choix » d'un hôtel de cette catégorie n'était pas dicté exclusivement par des considérations budgétaires — qu'« il crée et met en place une conception originale de l'hôtellerie : L'HÔTELLERIE CULTU-

RELLE ». Jusqu'à la restauration, qui est « culturelle », à l'Intermédiaires (à franchement parler, on ne s'en rend pas compte : on observe simplement qu'elle n'est pas chère). Parmi d'autres qualités qui font son « originalité », l'hôtel Intermédiaires, dans la littérature qu'il consacre à sa propre louange, mentionne « l'accueil d'une clientèle internationale, la juxtaposition des générations, la diversité des populations, l'esprit de découverte et d'ouverture sur les autres ». Mais qu'est-ce que ça peut bien me faire, à moi, qu'ils juxtaposent les générations ou qu'ils diversifient les populations ? Et qu'est-ce que c'est que cet « esprit d'ouverture sur les autres » ? Est-ce qu'ils vont s'ouvrir sur moi, eux ou leur esprit ? Est-ce qu'ils vont venir s'enquérir si je suis bien ouvert, moi aussi, sur les autres ? En attendant, dans la réalité, on accède à la réception de l'Intermédiaires par un escalier mécanique fort étroit, toujours en panne, qui débouche sur une galerie accueillante et propre comme un quai de métro. Accoudés au bastingage, des jeunes, chaussés de pompes de sport gigantesques, à la languette véritablement arborescente, vous regardent passer d'un air indifférent ou goguenard. Au-dessus du comptoir de la réception scintillent deux écrans de contrôle dont l'un montre un bout de trottoir, quelques voitures en stationnement et l'entrée de l'escalator en panne, et l'autre la sortie de ce même escalator.

DANS LA SOIRÉE

À l'angle de la rue des Trois-Fontanot et de l'esplanade Charles-de-Gaulle, en face du parvis, à cette heure désert, sur lequel débouchent les escalators du RER, un panneau d'informations municipales à cristaux liquides affiche par intermittence cette alléchante proposition : « Vous créez une entreprise ? RILE vous aide et vous conseille ! » Il ne semble pas qu'il y ait de candidat à la création d'entreprises parmi les rares passants, pour la plupart d'origine africaine, qui hantent au crépuscule l'esplanade Charles-de-Gaulle. De nouveau, une gamine d'une dizaine d'années me taxe poliment d'une cigarette. Un peu plus loin, le chauffeur d'une camionnette m'interpelle avec l'accent du Midi — « Putain, c'est la forme, ici ! Rien que du béton... Ça repose ! » — avant de démarrer sur les chapeaux de roues. Vers dix heures du soir, le soleil, énorme et rouge, prend en enfilade la rue des Trois-Fontanot, une rue rectiligne, encaissée entre des immeubles récents revêtus de brique, de céramique rougeâtre ou de verre fumé, et qui comme tout le quartier vient buter, à l'opposé du soleil couchant, contre une bretelle du boulevard circulaire de la Défense. Trois flics en patrouille font quelques pas avant de remonter dans leur véhicule. L'ensemble évoque une rue du quartier central de Johannesburg, Jeppe Street, par exemple, à la même heure. Il s'en dégage la même impression de catastrophe imminente. Le vent, qui souffle très fort dès que l'on est à découvert, fait claquer bruyamment des étendards publicitaires au sommet des grues de chantier. En passant sous la bretelle du boulevard circulaire, on atteint le mur d'enceinte du cimetière de Puteaux, au-dessus duquel l'Arche de la Défense, en sorte de magnifique et blanche nécropole, encadrera bientôt la lune au tout début de sa carrière.

Jeudi 9 juin

Entre huit et neuf heures, le RER débite par centaines les figurants qui vont redonner vie à ce décor. Au débouché des escalators, côte à côte — les temps sont durs pour les uns et les autres —, des militants du PC et de Lutte ouvrière distribuent des tracts s'efforçant de convaincre les « travailleurs » (et les travailleuses) que leur sort est en jeu dans les prochaines élections européennes. Dans le parc départemental André-Malraux, sous un ciel limpide, inlassablement nettoyé de ses quelques nuages par un vent toujours fort, des joggers s'éreintent à courir — sur ce rythme si laborieux, si implacablement monotone qu'il évoque le bataillon disciplinaire plutôt qu'une activité de loisir —, des pêcheurs ont déployé leur attirail autour du lac, des adolescents vigoureux, déguisés en Afro-Américains, jouent au base-ball. Des employés de la voirie arrosent à grands jets de détergent le sable flétri d'une aire de jeux. Sous la lumière indulgente du matin, l'architecture de la Défense et de sa périphérie se montre à son avantage : la meilleure — celle de l'Arche — comme la pire — celle des tours Aillaud. Le long de la lisière méridionale du parc s'alignent des bâtiments scolaires et des terrains de sport d'où émane, portée par un haut-parleur, la voix d'une prof de gym présidant à une compétition athlétique de fin d'année. La voix excelle à stimuler, puis à contenir dans des limites acceptables, l'enthousiasme des concurrents et du public. Resa, Mimoun, Samy, Romain, Michel, Abdel Krim et quelques autres dont je n'ai pas eu le temps de noter les noms se présentent justement au départ de la finale du cinquante mètres. C'est Resa qui l'emporte — clameur de la foule : « Resa ! Resa ! » — suivi d'Abdel Krim et de Michel. Quand vient le tour des filles, une brève controverse éclate sur la ligne d'arrivée. En effet, tandis que la voix attribue les trois premières places à Julie Raymond, suivie de Cindy Vavran et d'Audrey Milano (on remarquera que les filles, à la différence des garçons, ne sont pas dépouillées par la voix de leur patronyme), la clameur prétend attribuer la troisième place à Nora Yekem. Hésitation de la voix : « Ah ! ah ! Il y a un petit problème... Bon : Nora Yekem, dans le doute, tu vas monter avec Audrey sur la troisième marche du podium. » Cette décision ayant restauré l'unanimité, cette scène exclusivement sonore se termine sur une vision fugitive de l'humanité réconciliée sous l'égide de l'école publique.

À la Défense, dans l'immense hall souterrain par où transitent les usagers des différents moyens de transport public, un type qui a sommairement mis en musique le texte du Parti communiste relatif aux élections européennes le chante d'une voix tonnante, entrecoupant ce récitatif de quelques injures bien senties qui ne s'adressent à personne en particulier.

J'ai acheté à un distributeur automatique — qui rendait des pièces de monnaie si brûlantes que l'on pouvait à peine s'en saisir — un billet de chemin de fer La-Défense-Pont-Cardinet via Bécon-les-Bruyères. Puis je suis ressorti à l'air libre, heureux de pouvoir allumer une cigarette après m'être plié pendant vingt bonnes minutes à l'interdiction de fumer en sous-sol. Assis sur les premières marches du monumental escalier de l'Arche, adossé à son pilier sud (ou plutôt à une infime partie de ce pilier), bien calé dans le marbre et saturé de blanc étincelant, exposé au soleil et rafraîchi par le vent, je regarde sur l'esplanade des mères de famille de diverses couleurs pousser dans des landaus trop lourds, à grandes roues, des kyrielles d'enfants promis à un avenir incertain, et dans le ciel des nuages se hâter d'un bord à l'autre de mon champ de vision (en gros de la tour Bull à la tour Worms), et pour la première fois au cours de ce voyage circulaire, qui se mord la queue — ce voyage sans destination —, je me sens aussi bien, aussi lointain, aussi absent, aussi soulagé de mon bât que je pourrais l'être à Kowloon, par exemple, contemplant depuis l'embarcadère du Star Ferry les tours de Central District.

Vendredi 10 juin

Comme prévu, je changeai donc à Bécon-les-Bruyères et j'atteignis sans encombre la gare de Pont-Cardinet le vendredi en fin de matinée. Depuis le début de la journée, le temps n'avait cessé de se couvrir, et il se mit à pleuvoir au moment précis où je sortais de la gare. Or, le paysage, dans cette contrée du Pont-Cardinet, est de ceux qu'un rien peut rendre infiniment triste. Afin de fuir cette tristesse, au lieu de me rendre directement à l'hôtel je cherchai refuge dans le square des Batignolles, où un mois et demi auparavant, alors que le printemps était encore plein de promesses, j'avais vu les cerisiers en fleur saupoudrer d'une pluie de pétales roses des canetons tout duveteux, à peine plus gros que l'œuf d'où ils venaient de sortir, et si légers que le moindre souffle effleurant la pièce d'eau les ballottait en tous sens, comme des jouets de celluloïd dans la baignoire d'un enfant agité. Aujourd'hui les cerisiers étaient dépouillés de leurs fleurs — toute la végétation du parc avait perdu son aspect changeant, frémissant, vaporeux, pour se figer dans cette raideur luxuriante, cette opulence guindée qu'elle affecte en été, les tons multiples, légers, appliqués par petites touches, ayant

33

déjà succombé à l'hégémonie du vert, la moins seyante des couleurs qui se rencontrent dans la nature —, les canetons avaient pris de la bouteille, et les pigeons (l'un des seuls animaux, avec l'homme et le chien, à donner parfois de son vivant un avant-goût de sa décomposition) avaient tellement conchié le monument aux vautours, sur lequel ils aiment à se poser au milieu du bassin, que ces derniers, tout écla-boussés de fiente, avaient l'air plus vrais que nature. Je poussai jusqu'à l'avenue de Clichy où, malgré la pluie, deux jeunes femmes qui n'avaient pas froid aux yeux collaient sur la palissade d'un chantier des affiches proclamant leur « fierté d'être gouines et de lutter contre le Sida ». Je faillis leur adresser la parole puis, convaincu que ma démarche leur paraîtrait sus-pecte, entachée de machisme ou de voyeurisme, et qu'elles l'accueilleraient dans le meilleur des cas par des sarcasmes, j'y renonçai. Je n'y tenais d'ailleurs pas plus que ça. Rue Brochant, un type entre deux âges m'aborda, mais c'était simplement pour me demander, sous prétexte qu'il n'y voyait pas clair, de retrouver sur le tableau d'un interphone le nom du médecin avec lequel il avait rendez-vous. De retour à Pont-Cardinet, je me présentai à l'Ouest-Hôtel où, sur ma demande expresse d'être haut perché, on m'attribua la chambre 605, au sixième étage, sous les combles.

La première chose que je fais, en changeant d'hôtel, c'est de reproduire dans ma nouvelle cham-bre, si possible à l'identique, l'ordre que j'avais ins-tauré dans la précédente. Compte tenu de ce que je n'emporte avec moi que très peu de chose, cette entreprise ne me prend que quelques minutes, excepté quand les dispositions de la nouvelle chambre, par défaut d'une table, par exemple, ou d'une armoire, me contraignent à introduire bien contre mon gré des variations infimes dans cette organisation méthodique de l'espace. Les règles qui président à cette organisation sont on ne peut plus simples, et consistent pour l'essentiel dans la disposition des objets de première nécessité — trousse de toilette, plans de Paris et de sa banlieue, carnets de notes, stylos du premier échelon et stylos de réserve, livres de chevet, etc. — selon des axes orthogonaux, et de manière à occuper le moins d'espace possible tout en veillant à ce que chacun de ces objets soit accessible, escamotable en somme, indépendamment des autres, c'est-à-dire sans les faire dévier de leur alignement. Je doute qu'aucun règlement militaire relatif au paquetage soit aussi rigoureux, aussi méticuleusement absurde — au moins en apparence — que celui que je m'impose et dont je retire des satisfactions sans cesse renouvelées. Car à l'opposé de ce que l'on attend généralement d'un voyageur bien élevé, je profite quant à moi de cet état pour donner libre cours, absolument sans retenue, à ces habitudes presque toujours ridicules, à ces manies, que dans d'autres circonstances je suis obligé de contenir. D'autre part, ces règles relatives à la disposition des objets participent obscurément d'une économie du « voyage » dont le premier principe consiste à réduire graduellement mes échanges avec le monde extérieur, à transformer mon métabolisme, un peu à la manière d'un animal entrant en hibernation, de façon à dilater le temps et l'espace dont je dispose sinon pour ne rien faire, du moins pour ne rien entreprendre de plus précis, de mieux défini, que

.rêvasser, lire, marcher sans but, observer à la dérobée, me tenir à l'écart, attendre, voir venir. En dépit des apparences, cet état végétatif, ce cap indéterminé — ce faseyement — est parfois assez difficile à maintenir. Ainsi en cette journée du vendredi 10 juin, lors de laquelle mon retour à Paris intra-muros renouvelle et approfondit les doutes que mon projet n'a jamais cessé de m'inspirer. Car cette ville elle-même, telle qu'elle est en gros contenue dans les limites des boulevards extérieurs, avec son long pif tombant de semnopithèque, à l'ouest, du côté de la porte de Saint-Cloud, son double menton dans le pli duquel s'inscrit la Poterne-des-Peupliers, et le léger enfoncement de sa boîte crânienne qu'induit au nord-est la formidable pression du Pré-Saint-Gervais, comment, sans devenir fou, m'y sentir complètement étranger, comment y résister à la tentation d'appeler ou même de voir mes amis, pourquoi y dîner dans de mauvais restaurants inconnus quand j'en connais de bons, pourquoi y dormir dans des lits de hasard, mous et grinçants, plutôt que dans le mien ?

Samedi, 11 juin

Dans la soirée, après avoir bu deux ou trois poires en conclusion de mon dîner, dans un état, donc, de légère ébriété, je suis descendu vers la gare Saint-Lazare en ruminant la lancinante question de ce que je pourrais bien faire, en « voyage » à Paris, qui ne soit pas du journalisme pittoresque ou de la sociologie de comptoir. Heureusement, les poires ne tardèrent pas, si je puis dire, à porter leurs fruits. Ainsi éprouvai-je bientôt le sentiment d'être suivi, dans la rue de Rome autrement déserte, par un type amoché que j'avais remarqué auparavant et qui portait un pansement sur l'œil droit. Je m'en débarrassai en attendant qu'il me dépasse, debout devant un panneau publicitaire que je feignais d'étudier tout en surveillant le type — à son insu, me disais-je — dans le miroir approximatif que constituait la surface vitrée du panneau. Sans les poires, je n'aurais probablement rien remarqué — rien imaginé ? — de tout cela. Au coin de la rue de Rome et du boulevard des Batignolles, j'observai que le Sacré-Cœur, considéré sous cet angle, ne ressemblait aucunement au Sacré-Cœur mais beaucoup à Notre-Dame-de-la-Garde. C'était une impression de voyage. Déjà la nuit

remplissait à pleins bords la large et profonde tranchée du chemin de fer que longe la rue de Rome
dans sa partie supérieure mais, tout au fond, l'acier
poli des rails réfléchissait encore la lumière du couchant et traçait dans l'obscurité des lignes roses. Près
du confluent de la rue Boursault et du boulevard des
Batignolles, au bout de la grille en fer forgé noir qui
sur quelques dizaines de mètres prévient la chute de
tout le côté gauche de cette rue dans la tranchée du
chemin de fer, exactement au pied d'un immeuble
qui présente au vide une haute et grêle façade blanche dont le premier étage est souligné d'un trait
continu de néon bleu-violet, un train vint s'arrêter
inopinément, comme à bout de souffle, ouvrant dans
la nuit deux ronds yeux rouges, et lâchant dans de
grands halètements de son moteur des jets brûlants
de gaz d'échappement à l'écœurante odeur de fioul.
On ne fait pas plus beau. Déséquilibrés par le repli
momentané de l'espèce humaine, et par l'excessive
légèreté de l'atmosphère qui en résultait, les immeubles de la rue de Rome, lourds et surchargés de
quincaillerie, inclinaient dangereusement leurs bal-
cons vers la chaussée déserte. De la tranchée montait
le mugissement assourdi d'invisibles trains, qui bais-
sait d'un ton, soudainement, lorsque ceux-ci ralen-
tissaient avant d'entrer en gare. C'était l'heure délicieuse où le ciel se rapproche de la Terre et l'attire à
lui, comme il le fait deux fois par jour, à l'aube et au
crépuscule, en cette brève saison des nuits courtes
et des soirées interminables. En notant aussitôt ces
considérations météorologiques — tant, grâce aux
poires, elles me parurent dignes d'intérêt — sur un
carnet minuscule, j'eus le sentiment que la relative
bizarrerie de ce comportement me désignait comme

un de ces déviants légers, trembleurs ou radotants, que leur perpétuelle mais inoffensive agitation rend en quelque sorte transparents, et assurément trop négligeables pour retenir l'attention de prédateurs éventuels. Indéniablement, il avait suffi que je sorte de ma poche ce carnet minuscule et que je me mette à griffonner, debout, dans les ténèbres, pour devenir à mon tour invisible, et donc — provisoirement — invulnérable. C'était une découverte d'importance ! Pour en tirer le meilleur parti, et afin d'entretenir ma transparence, j'entrai dans un café de la place du Havre où je bus encore deux cognacs. Sans doute aucune de ces impressions nouvelles ne répondait-elle précisément à la question de ce que j'allais faire à Paris, des objectifs que j'allais assigner à mon voyage. Mais en sortant du café, un élément de réponse, sous la forme plutôt d'une énigme, ou d'une charade, me fut donné par ce que je vis au coin de la rue Saint-Lazare. Au sommet de l'immeuble situé à l'angle de cette rue et de la place du Havre, les caractères géants d'une publicité lumineuse pour Coca-Cola, rouge sombre cerné d'un liseré rouge vif, se détachaient sur le bleu profond, velouté, du ciel pas tout à fait nocturne. Et au pied de cette aurore boréale de pacotille, une femme en tchador — le vrai, tombant jusqu'aux pieds et ne ménageant qu'une étroite ouverture pour le visage — mangeait posément un hamburger derrière la vitrine éclairée d'un restaurant Q-Quick. Un peu plus tard, certes, elle fut rejointe par un petit barbu vêtu d'une veste bleu pétrole. Mais même si la présence d'un homme à ses côtés ôtait un peu de son mystère à cette apparition, elle n'en conservait pas moins assez de force pour me convaincre d'aller de l'avant.

Dimanche 12 juin

Au-dessus du carrefour du boulevard Ney et de l'avenue de la Porte-de-Clignancourt, un mât de signalisation à cristaux liquides annonce par intermittence : « Périphérique intérieur : fluide », « Périphérique extérieur : fluide ». Il est 11 h 30 et tout est fluide. Un peu plus tôt, j'ai repoussé tout d'abord la tentation de rentrer chez moi, puis celle de passer toute la journée allongé sur un banc dans le parc Monceau, à regarder d'un œil mauvais jouer des enfants de riches, gardés pour certains par des bonnes, tandis que leurs parents inlassablement tournent en rond, d'un pas égal, dans leurs ridicules tenues de sport. Si j'avais succombé à la tentation, je serais vraisemblablement mort sans avoir jamais emprunté ni la rue Letort ni la rue Esclangon. Il est 11 h 30, dimanche 12 juin, au bout de la rue Esclangon. Bientôt je pourrai manger, faire une pause (mais une pause dans quoi ?) et m'autoriser enfin la lecture du journal que je garde en réserve depuis neuf heures du matin, intact, ses grandes pages certes pliées en huit mais lisses en dehors de ces pliures, noires encore de toute l'encre qui bientôt me déteindra sur les doigts. Sombres dimanches, où l'on doit ménager si longuement le journal du matin parce qu'on sait qu'il n'y en aura pas d'autre. Sombres dimanches où, en l'absence de tout événement, de toute attente, il n'y a même pas l'échéance si rassurante, en milieu d'après-midi, de l'arrivée du *Monde* dans les kiosques. Sombre dimanche fluide, tant à l'intérieur qu'à l'extérieur. Au comptoir du café Le Terminus, l'inévitable déception se peint sur le visage du garçon lorsque je lui commande un café à l'heure où il pourrait légitimement espérer me servir un pastis, ou ne serait-ce qu'un blanc sec. Dans un coin de la salle clignote un flipper Gottlieb Gladiator surmonté d'un écran sur lequel défilent (cristaux liquides ?) des indications relatives au jeu, interrompues toutes les dix ou quinze secondes par le slogan « Dites non à la drogue ». De qui se fout-on ? Pense-t-on sérieusement qu'une seule personne sera détournée de la drogue, ou prévenue de s'y adonner, par l'apparition intermittente de ce slogan sur un écran de flipper ? Non. Alors pourquoi le fait-on ? En face du Terminus, une fille aux longs cheveux châtains, le visage ovale, la bouche ronde, vêtue d'une veste et d'un pantalon de jeans, vend des colliers de pacotille. À son insu tout d'abord, depuis le comptoir, je la regarde sortir d'une poche de son jeans, en se trémoussant, un paquet de clopes, puis répéter ce manège pour extraire d'une autre poche un briquet, enfin porter une cigarette à ses lèvres et l'allumer en rejetant ses cheveux en arrière. Dès que nos regards se croisent — comme il advient inévitablement en pareil cas — je détourne le mien, moins gêné d'être pris la main dans le sac que satisfait de lui avoir dérobé ces quelques secondes d'intimité. Lorsque je sors du Terminus, la situation s'est nettement dégra-

41

dée sur le périphérique intérieur : d'après le mât de signalisation, il faut désormais neuf minutes pour se rendre à la porte de Bagnolet. À midi moins dix, au carrefour des boulevards Ney et Ornano, survient un événement d'importance. Un Noir athlétique, boudiné dans un costume sombre, s'élance au milieu de la circulation — dense et rapide, au demeurant — à la poursuite d'un petit gros (blanc) qui, sur le point d'être rattrapé, avant de disparaître dans un suprême effort derrière la palissade d'un chantier, lance sur la chaussée une poignée d'objets si ténus qu'on ne peut les identifier à cette distance, mais dont tout indique qu'ils étaient la cause du litige l'opposant au grand Noir. La scène fait l'objet, sur mon bout de trottoir — c'est-à-dire juste en face du magasin de cuirs et peaux L'Incorruptible —, de commentaires endiablés et polyglottes. De prime abord, il semble que nous venions d'assister à une victoire du droit, et c'est ainsi que je l'envisage moi-même jusqu'à ce que, cinq ou dix minutes plus tard, je retrouve le Noir athlétique en train de faire voltiger des cartes sous le nez d'un groupe de pigeons et de comparses.

« Regardez, c'est facile comme tout, il faut trouver la noire ! Ah, il faut miser un peu, tout de même ! Lui, le monsieur là (c'est de moi qu'il s'agit) il l'a vue, la noire, pas vrai, monsieur ? »

Deux probables comparses jouent — et perdent — des billets de 200 F. Les cartes sont froissées — comme si une main vengeresse avait tenté de les mettre hors d'usage — et ce détail fait apparaître l'incident du carrefour sous un jour nouveau : vraisemblablement, le petit gros véloce était un pigeon qui, furieux de s'être fait plumer, avait tenté de se venger en fauchant les cartes, et c'est elles qu'en désespoir de cause, sur le point d'être rattrapé, il avait lancé sur la chaussée (non sans les avoir auparavant froissées) avant de s'éclipser derrière la palissade du chantier.

Lundi 13 juin

8 h 30. Le ciel, d'un bleu mêlé déjà de touches de plâtre, annonce une belle journée, probablement chaude. L'entrée de l'Ouest-Hôtel est encombrée par les sacs à dos télescopiques d'une troupe de jeunes Singapouriens qui, en ayant terminé avec Paris, s'apprêtent à régler son compte à Amsterdam. La dame qui sert les petits déjeuners — plus toute jeune, belle encore, et douée d'une voix très douce, apaisante — renseignant dans sa langue un client ultramontain confronté à quelque difficulté touristique, je me permets de lui demander d'où elle tire cette parfaite connaissance de l'italien, et elle me répond qu'elle est originaire de Naples, tout bonnement. La simplicité charmante de cette dame et ses origines napolitaines (je ne connais pas Naples) font que tout m'apparaît pour quelque temps sous un jour favorable. Ainsi le calme matinal de la rue Dulong où deux contractuelles, se hâtant de taxer les automobilistes qui ont oublié de se lever de bonne heure, progressent parallèlement sur les deux trottoirs, se penchant simultanément et symétriquement sur leurs carnets à souches avec des gestes parfaitement accordés, comme si, empruntant miraculeusement

44

l'une les traits de Catherine Deneuve et l'autre ceux de Françoise Dorléac, elles allaient en se redressant fredonner quelques mesures d'un air des *Demoiselles de Rochefort*, tandis qu'un joyeux cordonnier sifflote sur le pas de sa porte, que d'aimables concierges me renversent en s'excusant des seaux d'eau sur les pieds, qu'une dame souriante surgit de la laverie automatique pour m'échanger une pièce de un franc contre deux de cinquante centimes, et que la marchande de journaux, plutôt que de s'ennuyer toute seule dans sa boutique, a choisi de la surveiller du coin de l'œil depuis la terrasse ensoleillée du bistrot d'en face. Quant à sa boutique, elle est encombrée de livres — plutôt des bons — et décorée d'images extraites d'un film de Satyājit Ray. De retour vers l'hôtel que je dois quitter tout à l'heure, par la rue de Rome, le long de la fosse aux trains, je forme des vœux pour que persiste mon humeur bénigne. Mais je sais déjà que je vais regretter l'Ouest-Hôtel, où l'on commençait à m'appeler par mon nom (patronymique), la Napolitaine et le réceptionniste tamoul, ma chambre sous les toits et le bruit des trains.

Dans la soirée, après m'être fait enregistrer à l'hôtel El Aïoun, rue du Roi-d'Alger, et avoir dû remplir une fiche de police, constatant au passage que presque toutes les autres fiches, intitulées « fiches d'étranger », portaient la mention « algérien » ou « zaïrois », je marche en direction du métro Marx-Dormoy, puis, au-delà, vers la porte d'Aubervilliers via la rue de l'Évangile. L'air est chaud et poussiéreux, irrespirable, saturé de gaz d'échappement. Rue Tristan-Tzara stationne une camionnette portant l'inscription « Mitsva Tank, 3615 Machiah », bourrée de sectateurs du rabbin Schneerson, lequel vient justement de casser sa pipe. Place de Torcy, entre la mercerie Li Li et le restaurant Tin Tin, l'odeur de brûlé est recouverte par celle, doucereuse, globalement écœurante mais avec des nuances agréables d'épices ou de fruits exotiques, qui caractérise les quartiers à forte densité de restaurants asiatiques. Au retour, après avoir survolé les voies de la gare du Nord et croisé, vers dix heures, le train en provenance d'Amsterdam, je tombe, à hauteur du numéro 33 de la rue Ordener, sur ce qui paraît être une migration, ou une sortie en groupe, de cloportes. Très nombreux, en tout cas, une bonne centaine, les cloportes traversent le trottoir en bon ordre, sans se presser, en file indienne, puis, une fois atteint le mur du numéro 33 et négocié sans effort le passage de l'horizontale à la verticale, ils se déploient aussitôt en tous sens, individualistes soudainement, et fébriles, comme si la cloche du dîner avait sonné, ou comme si c'était là, dans l'ascension du mur, que pour eux, cloportes, les choses sérieuses commençaient.

Mardi 14 juin

Neuf heures du matin au comptoir du café-tabac situé à l'angle du boulevard Ornano et de la rue Championnet. Tous les accoudés du comptoir — peu de monde, en fait, neuf heures du matin étant une heure creuse dans la limonaderie — commentent l'heureuse issue de la mésaventure survenue à l'un d'entre eux, un grand costaud. Le mois dernier, le grand costaud a perdu son portefeuille. Et voilà qu'au bout de trois semaines, alors qu'il s'était acquitté de toutes les démarches nécessaires au renouvellement de ses papiers, la boulangère — il s'agit sans doute de la boulangère d'en face, rue Championnet — lui dit : « Excusez-moi, on avait oublié ce portefeuille chez moi, et, comme personne n'est venu le réclamer, je me suis permis de regarder... » Bref, c'était le sien. « Trois semaines avant qu'elle se permette de regarder ! Quand j'ai entendu ça, je savais pas quoi faire, l'envoyer chier ou la remercier. » Suit un débat — convenu — sur le thème : « Qu'est-ce que tu fais, toi, si tu trouves un portefeuille ? » ou « Mettons que là, tout d'un coup, tu trouves un portefeuille par terre, qu'est-ce que tu fais ? — Eh ben, je regarde ce qu'y a dedans, je pique

47

le pognon et je jette le reste ! — Non, mais sans blague ? » Etc.

Le journal de ce matin cite les résultats d'un sondage qui fait apparaître que 66% des Français sont favorables à « la mise sur pied d'une force d'intervention armée pour intervenir dans des cas comme la Bosnie ». Comme quoi le sentiment populaire, dans ce pays, reste dans l'ensemble infiniment plus juste, plus éclairé, que celui de la caste dirigeante. Ma ferveur démocratique est soutenue par le climat de cordialité goguenarde qui prévaut dans ce bistrot — comme dans la plupart des bistrots des derniers quartiers populaires de Paris intra-muros — entre « beaufs » et « immigrés », et portée à son comble par l'accueil chaleureux que la serveuse, une blonde douce et menue répondant au surnom de « Mimi », réserve à une manifeste tante, apparemment lusophone, peut-être un travesti off-duty. Mais la lecture du journal de ce matin ne ménage pas que de bonnes surprises. À propos du meurtre par un policier (off-duty, lui aussi), lors d'une tentative de casse rue Vivienne, de deux jeunes délinquants originaires respectivement de Garges et de Louvres, le journal en question publie un reportage à Garges-lès-Gonesse qui constitue, à mon avis, un véritable chef-d'œuvre de ce style cul-béni dont use volontiers la presse bien-pensante — celle que je lis — lorsqu'elle est confrontée à un fait divers banlieusard un peu embrouillé, un peu tordu, qui appellerait un effort de réflexion, d'analyse, plutôt que des approximations manichéennes. Sans entrer dans le détail, je relève que les auteurs de l'article en question, à propos du casse rue Vivienne, écrivent ceci : « X a été tué alors qu'il tentait de subtiliser avec un ami la caisse d'une boutique de change. » Proposition qui, insidieusement, suggère une démarche peut-être fortuite, un peu espiègle, délictueuse, sans doute, mais du moins exempte de violence — comme le confirme le *Larousse*, qui définit ainsi le verbe subtiliser : « dérober adroitement, sans se faire remarquer » — alors que, quelles que soient les circonstances exactes de ce drame, nul ne conteste qu'il ait commencé par une attaque à force ouverte, en plein jour, contre une boutique de change. D'après un autre journal (*Le Monde*, en l'occurrence) « selon des témoignages recueillis par l'IGS (OK, il s'agit de la police, mais tout de même de cette partie de la police qui en principe est chargée de limiter les excès de l'autre...), les deux jeunes gens auraient commencé à tout casser, à mains nues, en une scène très brève et d'une grande violence. À coups de pied et de chaise, ils se seraient mis à briser les vitrines des présentoirs (...) sautant derrière le comptoir, l'un d'eux s'en est pris au gérant (...), l'autre a envoyé un coup de chaise au seul client alors présent, sans savoir qu'il s'agissait d'un policier (...). Sous le choc, ce policier a dévalé l'escalier descendant au sous-sol... » *Le Monde* précise également que le gérant de la boutique aurait à deux reprises tenté de faire usage d'armes non létales, sans le moindre résultat, et qu'il aurait été « méchamment passé à tabac par les deux hommes ». Quant au journal du matin (*Libération*, pour ne pas le nommer), il passe sur tous ces détails en trois phrases d'une concision d'apophtegme : « Les jeunes ne sont pas armés (...). Voyant les deux garçons passer derrière le comptoir, le gardien de la paix tente de les menotter. La tension monte jusqu'à ce que le policier, habitué des stands de tir, dégaine son pistolet de service. » Ainsi

les « jeunes » (ou mieux encore les « garçons »,
comme ceux d'Hélène) ne sont pas armés, ils tentent de subtiliser, ils passent derrière le comptoir,
en somme tout se déroule dans la bonne humeur
jusqu'à ce que le flic « tente de les menotter » —
quelle idée... —, ce qui fait « monter la tension »,
puis « dégaine son pistolet de service » et « tire à
hauteur de poitrine... ». Dans cette version, il s'agit
donc d'une pure et simple exécution, d'un crime
commis de sang-froid, par le flic, sans l'ombre d'une
circonstance atténuante. Du même article, j'extrais
cette ultime perle. L'un des deux hommes abattus
rue Vivienne ayant dans le passé reçu un « avertisse-
ment » de la police pour détention de stupéfiants,
Libération en retire la conclusion suivante : « Une
dernière annotation qui contredit des rumeurs de
toxicomanie véhiculées dans les médias au lendemain de son décès, puisqu'elle ne concerne qu'une
barrette de hasch. » Outre qu'il est absolument indifférent, dans cette affaire, de savoir si l'une des vic-
times, ou les deux, était héroïnomane ou simple
fumeur de shit, il faut que les auteurs de l'article
soient de bien grands puceaux de la toxicomanie
pour croire que la possession d'une « barrette de
hasch » exclut l'usage de drogues plus sérieuses...
Se peut-il qu'ils n'aient jamais entendu parler de
fumeurs de shit qui consommaient *également* de
l'héroïne ? Il faudrait vraiment que *Libération* ait été
les recruter à la sortie de Sainte-Croix de Neuilly, et
encore. Ce genre de simplifications n'est que de la
prose du Front national inversée. Entendons-nous. Je
ne pense évidemment pas que les circonstances du
casse rue Vivienne, même telles qu'elles apparaissent
à la lecture du *Monde*, justifient que le gardien de la

paix off-duty ait abattu les deux voleurs de quatre balles de .38 (je ne suis pas, en règle générale, un fervent de la légitime défense, surtout à coups de .38). J'ignore quelles seront les conclusions de l'enquête en cours, et comment la justice appréciera le comportement du gardien de la paix. Je n'exclus pas a priori que les témoignages recueillis par l'IGS soient des témoignages de complaisance. Je sais seulement qu'il n'y a rien à gagner à présenter de manière simpliste des affaires compliquées, ou du moins ambiguës, dès lors qu'elles impliquent des « jeunes » de banlieue. Je remarque d'ailleurs que la presse bien-pensante fait souvent preuve d'une grande réserve, voire d'une grande timidité — cette vertu si rare dans l'exercice du journalisme — lorsque les affaires en question ne permettent pas de discriminer aussitôt les bons des méchants, de prendre à grands cris le parti des premiers et de flétrir non moins bruyamment les seconds. Ainsi n'a-t-elle pas trop approfondi, dans l'ensemble, ses investigations concernant l'une des plus vilaines querelles qui aient agité récemment cette même banlieue de Garges, lorsque, à la suite du meurtre d'un adolescent d'« origine asiatique » par un adolescent d'« origine juive », les « jeunes » — puisque c'est l'expression consacrée — du quartier de la Dame-Blanche mirent ce dernier sens dessus dessous, s'en prenant par prédilection aux commerces tenus par des Juifs et à la synagogue. Il y avait là, pourtant, un intéressant sujet de réflexion, et même plus que cela : car en nous voilant la face devant ce genre de phénomène — en particulier les violences exercées par des minoritaires contre d'autres minoritaires —, en ne nous intéressant qu'aux formes traditionnelles du racisme, celles qui sont bien visibles, bien repérées, et appellent des jugements bien carrés, par crainte de découvertes troublantes ou de faire le jeu de Dieu sait qui, nous ne faisons qu'aggraver les malentendus, les préjugés, et nous nous interdisons de discerner les voies nouvelles que pourrait emprunter — en fait, qu'emprunte déjà — la « bête immonde ».

CONVERSATION DANS LE RER

Sur la ligne B du RER, deux dames d'origine réunionnaise s'entretiennent de la Bible et des choses sacrées, à propos du film que l'une d'elles a vu hier soir à la télévision, *Salomon et la Reine de Saba*, avec Yul Brynner dans le rôle du premier et Gina Lollobrigida (ravissante, comme à l'accoutumée, mais bizarrement affublée au doublage d'un accent d'égérie libanaise) dans le rôle de la seconde. « Tu sais, dit la dame qui a vu le film, c'est le roi David qui meurt et il désigne son fils Salomon pour lui succéder. » On sent qu'elle en connaît un rayon en matière d'histoire sainte et qu'elle n'est pas dupe des approximations du scénario. Puis elle interroge l'autre dame au sujet d'un voyage qu'elle vient de faire en Inde : « Est-ce que c'était beau ? — C'est très pauvre ! — Il ne faut pas juger de la beauté d'un pays d'après la pauvreté, reprend la dame biblique. Parce que à ce compte-là, à Paris, si tu ne vois que le RER, le métro, il n'y a rien de beau, hein ? » Puis, après un temps : « La province, c'est plus beau. »

ALTERCATION DANS LE MÉTRO

Au métro La Chapelle, un Noir branché, jeune, coiffé d'une casquette de base-ball, chaussé d'énormes pompes de sport, vêtu d'un t-shirt et d'un pantalon retroussé à mi-mollets, en insulte un autre, plus âgé, pas branché, chaussé de godasses plates, habillé chez Tati d'un blouson bleu clair et d'un pantalon à pli d'un bleu plus sombre, qui a eu le mauvais goût de protester après que le premier lui eut collé au cul pour franchir sans ticket le tourniquet du métro : « Va travailler pour le Blanc huit heures par jour, si tu veux payer ton ticket ! » Puis, devant la ténacité de l'autre, qui fait front et ne semble nullement décidé à s'en laisser conter, le mariole baisse d'un ton : « J'te respecte, mais... » Quand la rame arrive, il s'assoit de manière à occuper à lui tout seul une banquette, lançant aux voyageurs debout un regard de défi, avec l'espoir, sans doute, que l'un ou l'autre va protester. Mais tout le monde n'a pas la fermeté d'âme du type habillé chez Tati.

CONTROVERSE DANS UN AUTOBUS DE LA PETITE CEINTURE

La scène se déroule entre la porte de Bagnolet et la porte de Clignancourt. La fille a dix-sept ans, son interlocuteur en a seize, et c'est aujourd'hui son anniversaire. « Pour moi, dit la fille, un anniversaire ça se fête avec l'homme que j'aime, les copains que j'aime et les amis (peut-être ses « amis » sont-ils ceux de ses « copains » qu'elle n'aime pas ?). Et c'est tout !

Tes parents, tu n'as qu'à leur donner des somnifères pour trois jours ! » Le différend tient à ce que le gamin s'est laissé convaincre par ses parents de fêter son anniversaire en famille, sans la femme qu'il aime, sans ses copains, sans même ses amis. La fille a l'air outrée de sa pusillanimité : « Enfin, tout de même, tu as seize ans ! » Le gamin est très gros, l'air nigaud, il tient entre ses cuisses, érigée comme un sexe de substitution, une planche à roulettes. On sent que jamais il ne s'insurgera contre aucune décision arbitraire.

ARRÊT DE BUS

Vers 20 h 30, j'attends le bus 60 devant l'entrée de la station de métro baptisée en toute logique Marcadet-Poissonniers, puisqu'elle se trouve à l'intersection de la rue Ordener et du boulevard Ornano. Comme la veille il fait chaud, et l'air est saturé de gaz d'échappement. L'abribus sous lequel j'ai trouvé refuge est la cible d'un bombardement sporadique, mais copieux, de produits alimentaires, émanant d'une fenêtre non identifiée de la rue Ordener. De l'autre côté d'Ornano gît au pied d'un arbre un blessé, ou un malade en proie à une crise, qui hurle lorsque les pompiers tentent de le dresser sur ses jambes. Les passants se rassemblent tout d'abord en grand nombre autour du groupe formé par le hurleur et les pompiers, puis se désintéressent de la question, sans doute parce qu'elle ne prête pas à controverse.

Mercredi 15 juin

Boulevard Ornano, un peu en amont de la place Albert-Kahn (si l'on veut bien admettre que le boulevard s'écoule de Marcadet-Poissonniers vers la porte de Clignancourt), sur le trottoir de droite, se trouve la boutique d'un marchand de journaux chez lequel on peut se procurer, outre la presse française, celle du Maghreb et du Proche-Orient. Compte tenu du déchirement des communautés turque (ou plutôt turco-kurde) ou algérienne, et de l'intérêt soutenu que leur porte la police, cela ne doit pas être une sinécure de vendre dans ce quartier tant de journaux d'obédiences diverses (même la guerre en Bosnie éveille de lointains échos dans cet arrondissement périphérique : rue Neuve-de-la-Chardonnière, non loin de l'église serbe Saint-Sava, dans un quartier où les cafés et les magasins « yougoslaves » sont nombreux, le nom du président bosniaque — Izetbegovic —, badigeonné sur un mur à la peinture verte, est recouvert par la croix serbe avec ses quatre « S »). Lorsque je pénètre dans la boutique, il en sort un homme assez âgé, grand et mince, d'allure universitaire, qui vient d'acheter *El Watan* et conclut son entretien avec le marchand de journaux par ces mots prononcés d'une voix très douce : « Ce qu'il faut, maintenant, c'est une vraie révolution ! »

Au café-tabac de la rue Championnet, Mimi officie ce matin dans une petite robe imprimée très seyante. Pendant plusieurs minutes, elle se tient à quelques centimètres de moi, occupée à retirer d'un placard les couverts qu'un peu plus tard elle disposera sur les tables pour le déjeuner. Avec des clients plus dégourdis, elle échange des considérations générales sur le temps qu'il fait, sur « la météo qui est bonne pour la semaine et mauvaise, comme d'habitude, pour le week-end ». Sans succès, je cherche longuement dans le journal du matin la matière d'une réflexion climatique pertinente, et si possible originale. Mimi fera donc partie des nombreuses personnes auxquelles je n'aurai rien trouvé à dire pendant ce voyage. En fin de matinée, j'ai quitté la rue du Roi-d'Alger et l'hôtel El Aïoun pour établir mes pénates à l'hôtel Ibis de La Villette. Dans le bus 60 — ou plutôt à travers les vitres de ce dernier — j'assiste à cette scène édifiante : rue de Flandre, une gamine beur d'ailleurs ravissante (circonstance moralement négligeable mais que je ne puis, néanmoins, me retenir de consigner) aide à se relever une vieille dame, très avancée dans la voie de la clochardisation, qui vient de s'étaler sur le trottoir. Puis la gamine ravissante, en véritable illustration d'un conte de Perrault, prend par le bras la vieille, qui titube, et la guide. Crainte, sans doute fondée, que la vieille ne soit ivre, crainte bien pire, et celle-là, je l'espère, sans fondement, que tout d'un coup, sous le choc de sa chute récente et dans la confusion de sa probable ivrognerie, elle ne se mette à accabler d'injures (racistes) la gamine. Pourquoi imaginer de telles choses, alors qu'il est tout de même bien plus vraisemblable qu'elle va la remercier avec effusion ?

Dans une exposition consacrée à la banlieue qui se tient à la Maison de La Villette, relevé cette phrase attribuée à un môme de Stains : « La banlieue reste toujours secrète pour ceux qui n'y habitent pas », et cette citation de Céline : « Chanter Bezons, voilà l'épreuve ! »

En cette saison, on peut dire du soir qu'il vient, mais certainement pas qu'il tombe. Ainsi le soir vient, quai de la Gironde, au bord du canal Saint-Denis qu'au-delà de Corentin-Cariou enjambent un pont ferroviaire, puis un autre, enfin le périphérique. Au coin de la rue Rouvet, au-dessus de l'écluse que l'on doit traverser pour atteindre le parc et le musée de La Villette, se dresse un immeuble-proue, d'une belle couleur d'ivoire ou de baleine blanche longuement boucanée par la pollution, et dont les deux faces (comme on le dit d'une montagne) forment un angle si déconcertant qu'à le considérer trop longtemps on pourrait attraper le mal de mer. De plusieurs fenêtres jaillit à gros bouillons du linge qui sèche. Je franchis le canal en même temps qu'un groupe de dames africaines d'imposante stature, dont l'une, à l'aide d'une baguette maniée avec modération, conduit un petit troupeau d'enfants hilares, débordant d'enthousiasme à l'idée de toutes les choses amusantes et plus ou moins licites qu'ils vont pouvoir faire sitôt égaillés dans le parc et soustraits à la menace de la baguette. C'est l'un des agréments de ce parc qu'autant de gens puissent y vaquer à des activités différentes — jouer au foot, battre des tam-tams, promener des chiens, fumer des joints, courir ou flirter, peut-être même commettre des crimes dans les coins les plus touffus et les plus retirés — sans se gêner mutuellement. C'est dire qu'il présente presque autant d'avantages, ménage presque autant d'opportunités, qu'un terrain vague, ce qui est bien le plus haut degré de perfection qu'un parc puisse atteindre désormais. Comme une lande, ou un marais, ou le bord de mer, il permet d'embrasser une étendue de ciel assez vaste pour qu'on y sente le temps passer, la vie s'écouler, les saisons se succéder. Il est presque aussi bien que rien, qu'un grand trou dans la ville comme le fut autrefois celui des Halles. Et bien que beaucoup d'aménagements, certains inachevés ou détériorés, introduisent l'inévitable note de bêtise, de mauvaise foi ou de laisser-aller, il y en a d'autres qui, soulignant le vide, ne tendant pas au remplissage — ainsi des tracés lumineux, au sol ou en hauteur —, contribuent positivement à sa beauté. Et puis il y a le sous-marin — qui se plaindrait de trouver des sous-marins, même et peut-être surtout dans les lieux les moins appropriés pour les accueillir ? — et il y a la Géode, dont la sphère argentée reflète, en les anamorphosant, sans aucun souci de vraisemblance ou d'échelle, tous les objets qui l'entourent, aussi bien l'auteur de ces lignes, déformé et grimaçant comme en un miroir de fête foraine, que le sous-marin noir enroulé sur lui-même, les fabriques écarlates, toutes tordues, les vertes pelouses et les massifs d'un vert plus sombre, le chapiteau gris du Zénith, les Grands Moulins de Pantin et les HLM, les tours et les barres, les grues, les antennes paraboliques et jusqu'au ciel, qui va s'assombrissant, avec tous ses nuages, toutes ses traînées d'avions, toutes ses hirondelles volant haut car il va faire beau demain, ses étoiles naissantes et son croissant de lune. Au pied de la Géode, sur le rebord du bassin d'où émane une musique répétitive dont la source sans cesse se déplace, une jeune femme, pieds nus, effectue des mouvements de danse très lents et appliqués.

Jeudi 16 juin

Ayant exploré la veille, sans rien enregistrer de mémorable, la berge du canal de l'Ourcq jusqu'à Bobigny, j'entreprends aujourd'hui une opération symétrique avec le canal Saint-Denis, mais en partant cette fois de la banlieue pour revenir vers la ville. À Saint-Denis, en sortant du parc de la Maison de la Légion d'Honneur, je passe sous une autoroute aérienne, je me retrouve par erreur au pied des murs du fort de l'Est, enfin je me perds quelque temps dans la cité des Francs-Moisins avant de retomber, au hasard, sur la berge du canal. Elle est en cet endroit très large, couverte d'herbe jaune, séparée de la cité des Francs-Moisins par un mur, et bordée au-delà de très vieilles maisons d'où sortent deux très vieilles dames, les unes et les autres évoquant une époque révolue de la banlieue. (De même, un peu plus loin, au-delà de la « quatrième écluse, dite des Vertus », ce café déjà privé de nom et d'enseigne, évidemment promis à une démolition imminente, tenu par un vieil Arabe auquel tient compagnie un vieux chien qui me renifle avec insistance.) Puis le canal passe successivement sous un pont routier, une autoroute sur pilotis, un premier pont — métallique — de

60

chemin de fer et un second pont — en pierre — de chemin de fer. Sous les hauts piliers de l'autoroute, des affiches pour une messagerie rose — dont on se demande de qui, dans un endroit pareil, elles vont mettre les sens en émoi — sont collées en série sur une palissade métallique. Au-dessus du remblai de la voie ferrée pointent les tours du Sacré-Cœur et le dernier étage de la tour Eiffel. Juste après que le canal s'est fait enjamber par l'avenue Corentin-Cariou, non loin, donc, de La Villette, le chemin de halage s'interrompt brusquement, et là où il disparaît sont installés trois gamins, deux petits et un grand. Lorsque je m'approche du groupe, il me semble lire, dans le regard d'un des deux petits, une prière que l'on pourrait formuler de la sorte : « S'il vous plaît, nous nous amusons bien, ne nous posez pas de questions — et surtout pas de questions dans le genre : "Ça mord ?" —, passez votre chemin. »

La rue de Nantes, lorsque je l'avais empruntée ce matin, vers neuf heures, était comme tétanisée par les aboiements d'un chef de chantier qui injuriait ses ouvriers avec une telle véhémence que les commerçants en sortaient sur le pas de leur porte, et que les riverains se mettaient à leurs fenêtres, pour vérifier, médusés, qu'un tel vacarme était bien d'origine humaine. Lorsque je repasse par la rue de Nantes, vers 17 h 30, les ouvriers sont toujours affairés à creuser une tranchée. Étonné de ne pas entendre l'aboyeur, je finis par le découvrir en état de prostration, terrassé par une extinction de voix, s'efforçant pathétiquement de redonner un peu de vie et de couleur aux fantômes de hurlements qui sans discontinuer persistent à lui sortir du gosier.

Vendredi 17 juin

À la terrasse d'un café de la rue de Belleville, dans la matinée, une fille fait les mots fléchés d'un journal spécialisé, et le garçon, qui paraît être son fiancé, vêtu d'un tablier bleu et portant de fines moustaches, se penche sur elle d'une manière à la fois acrobatique et gracieuse, par-derrière, ses deux bras passés de part et d'autre de son torse et ses mains posées bien à plat sur la table, son menton à lui se trouvant donc légèrement au-dessus de son front à elle, de telle sorte qu'il puisse lire son jeu et lui prodiguer des conseils.

« C'est quoi, une lisière ? demande la fille.

— Eh bien, c'est la limite. Par exemple : la lisière d'un bois.

— Et rigide, c'est dur ?

— Ah non, non », se récrie-t-il tout d'abord, puis, se ravisant : « mais si, bien sûr, ça veut dire dur ! »

Le patron est un gros costaud, plus tout jeune, d'allure provinciale et placide, ceint lui aussi d'un tablier bleu, mais plus ample. Le voilà qui salue un passant, genre loub, coiffure-paillasson, tatouages, rouflaquettes et survêtement :

« Ça va, toi ?

62

— Toujours la forme », répond le loub en levant le pouce.

Plus tard, le garçon aux fines moustaches traverse la rue de Belleville pour aller porter un café au fleuriste d'en face. Au retour, il taille une bavette avec un gros en gilet de corps et bretelles, ses bras nus, bien épais, portant des traces estompées de tatouage, qui promène deux caniches, un blanc et un noir, sans cesser de leur faire la conversation.

PÉRIPHÉRIQUE

Qu'est-ce qui peut conduire un homme sain d'esprit à descendre d'un autobus de la Petite Ceinture à hauteur de l'arrêt Pont-National ? L'homme se trouve alors au milieu de rien, prisonnier d'un nœud de voies rapides qui ne lui laissent que peu d'espoir d'atteindre quoi que ce soit, pas plus la rive droite de la Seine, pourtant toute proche, que les voies ferrées de cette arrière-boutique de la gare de Lyon qui est désignée sur les plans comme la « gare supérieure de la Rapée ». Or au milieu de ce dispositif si violemment hostile à la flânerie, et comme insularisé par lui, il demeure pourtant tout un pan des anciennes fortifs, avec ses murs percés de quelques meurtrières et ses glacis herbeux plantés de grands arbres, et dans l'ombre de ces arbres on remarque une demi-douzaine de corps allongés à même le sol, déchaussés, environnés de sacs en plastique, comme rompus, désarticulés, par la misère, qui on ne sait trop pourquoi évoquent les suppliciés de la Semaine Sanglante, et cette chanson de l'époque où il est dit que « fleur rouge éclose sous la mousse, l'avenir pousse sur le tombeau des fusillés ». Hélas, qui pourrait prétendre aujourd'hui que l'avenir pousse et, plus encore, comme une fleur rouge ?

Fidèle au souvenir de la Commune, nous voici maintenant remontant la rue Piat. Du belvédère situé à l'intersection de cette dernière et de la rue des Envierges, on voit un jardin assez moche et presque tout Paris, ou du moins le sud et l'ouest de Paris. Rue des Envierges, dans un bistrot, pour la seconde fois en quelques jours — la première se situant dans le voisinage de la place Clichy —, j'entends quelqu'un que je qualifierais volontiers de demi-solde de la culture interpréter *Mon amant de Saint-Jean* avec des intonations délibérément outrancières, pour bien montrer qu'il n'est pas dupe, comme si tout le plaisir du mélo (et peut-être aussi de la vie lorsqu'elle se pare des couleurs du mélodrame), ce n'était pas justement de s'y laisser aller. Au confluent de la rue des Envierges, de la rue des Cascades, de la rue de la Mare et de la rue des Couronnes, il vient de la droite un Juif pieux, en redingote et chapeau, conduisant quatre enfants engoncés dans des habits de fête, de la gauche un punk titubant, déjà fin saoul, et du fond de la rue des Envierges un gamin noir pilotant, d'un habile jeu de jambes, un ballon de foot. Tous nous nous engageons, à quelques mètres d'intervalle, dans les escaliers qui mènent de la rue des Envierges à celle des Pyrénées. Délibérément, le gamin à l'habile jeu de jambes shoote à plusieurs reprises dans son ballon pour le faire rebondir dans les pieds du punk déjà fin saoul, tandis que le Juif pieux conduit ses enfants d'une main sûre, sans accorder la moindre attention à ces vicissitudes, et que moi-même je vois avec reconnaissance pointer dans l'alignement de la rue du Jourdain les clochers jumeaux de l'église Saint-Jean-Baptiste, et se mettre en place tout ce décor auquel j'adhère sans réserve depuis que j'occupe au dernier étage de l'hôtel La Perdrix Rouge, juste au-dessus de la croisée du transept, la chambre numéro 51.

Samedi 18 juin

Physiquement, Sarcelles et Garges ne sont séparées, mais alors nettement, que par une large tranchée ferroviaire dans laquelle s'écoulent aussi bien le TGV que le RER. Devant la gare, sous un abribus, le plan est recouvert d'affichettes autocollantes ainsi libellées : « Pérou : Vive le guerre populaire ! *(sic)* Défendons la vie du président Gonzalo ! » Du côté de Sarcelles vient le camion d'un cirque ambulant, annonçant par haut-parleur le spectacle de ce soir : « Le Cirque Impérial pour la première fois à Sarcelles ! Aujourd'hui à 17 h sur le parking des Flanades ! On vient rire, on vient s'amuser, en compagnie des clowns et des acrobates ! Cirque à l'ancienne ! Ménagerie exotique ! (Espérons pour eux qu'il n'existe pas à Sarcelles de ligue pour la protection des animaux.) Serpents boas et pythons ! Manipulation de reptiles ! Les singes-écuyers, les singes-funambules ! Pour la première fois à Sarcelles ! »

Le camion s'engage dans la côte menant à la gare, puis, devant le parvis de celle-ci, il s'arrête soudainement, soit que l'aspect de Garges l'ait glacé d'horreur, soit que son autorisation administrative pour bonimenter n'excède pas les limites de la commune de Sarcelles. Le premier bâtiment que l'on rencontre à Garges-lès-Gonesse, c'est celui du magasin Brico-Décor (où se tient la « Semaine de l'alarme sans fil »), avant-poste d'un centre commercial dont plusieurs boutiques — en fait, semble-t-il, la plupart — ont plié bagage, et dont quelques-unes portent les stigmates de récentes dévastations, en particulier la boucherie Chez Claude, boucherie juive et signalée comme telle par une grande étoile de David et des affichettes du Beth Din. Parmi les autres commerces que le vandalisme n'a pas découragés, on remarque une animalerie, juste à l'entrée du centre commercial, dont la marchandise n'arrête pas de caqueter et de braire. Chez la boulangère, sur le comptoir, est posée bien en évidence une pile de tracts appelant à une « manifestation pacifique contre la violence le samedi 18 juin (aujourd'hui) à 13 h 30 ». Le texte de ce tract me paraît plutôt sensé, exempt d'insinuations et d'ambiguïtés. « Non à la violence, dit le tract, oui aux solidarités. » « Même dans la situation de crise qui engendre les exclusions, la violence ne doit pas régir les rapports entre les hommes (...). La violence, la délinquance doivent être enrayées par des moyens de prévention et d'éducation (éducateurs, assistants sociaux) et par un commissariat avec les effectifs nécessaires. » Le tract est signé par un « collectif d'habitants du quartier, d'associations, de parents d'élèves, d'enseignants, d'élus et de commerçants ». Bien qu'il n'y ait donc rien, dans ce tract, dont elle doive rougir, et bien qu'elle ait jugé bon d'en placer une pile à la disposition de ses clients, la boulangère se dérobe lorsque j'essaie de la cuisiner un peu, bien prudemment, pourtant, tout en fourberie, en cautèle, à ce sujet. Plus avant dans le quartier de la

Dame-Blanche, dans la cour de récréation de l'école primaire Victor-Hugo, je rencontre une institutrice un peu plus loquace. Sur la façade de l'école sont déployées des banderoles : « Halte aux vandales ! », « École en colère », etc. L'institutrice avec laquelle je m'entretiens à travers le grillage séparant la cour de récréation du monde extérieur est aussi résidente de Garges. « Là encore, précise-t-elle au sujet des dernières émeutes, consécutives au double meurtre de la rue Vivienne, il y a un jeune de la cité qui s'est fait flinguer, il y a de quoi se révolter. Mais la précédente émeute, c'était sans l'ombre d'un prétexte. » En dehors même des périodes d'émeutes, l'école a été à de nombreuses reprises victime d'actes de vandalisme de grande envergure. « Ce sont toujours les mêmes, poursuit l'instit, et ils ne sont pas nombreux. Il y a des adultes derrière eux. Maintenant les gens du coin s'arment, et ça n'est pas près de finir. » L'institutrice a incriminé une bande répondant à l'appellation de « Zone 4 », que je vois à plusieurs reprises mentionnée dans des graffitis : « Zone 4 au pouvoir », « Zone 4 en force ». Ce qui n'est pas très explicite et ne prouve rien. À l'heure de la manifestation, une quinzaine de personnes, tout au plus, se présentent au point de rassemblement. Que sont devenus les parents, les enseignants, les commerçants et les élus signataires du tract ? Même la boulangère, qui pourtant le distribuait, ne s'est pas déplacée. Deux mômes passent et se marrent en considérant ce maigre rassemblement : « Si c'est ça, leur manif ! »

À la même heure, en revanche, le café-tabac-PMU du centre commercial ne désemplit pas. La clientèle offre le spectacle d'une diversité ethnique véritablement fabuleuse, à l'instar des deux communes dont elle émane, Garges et Sarcelles, où l'on rencontre même en nombre significatif des représentants de peuples ou de religions souvent ignorés du grand public, comme les Assyro-Chaldéens, sans doute les plus vieux chrétiens du monde et les derniers à parler chez eux la langue du Christ. À l'intérieur du café, les gens se regroupent par communautés, les mélanges et les interférences sont rarissimes, mais tous, en dix ou douze langues, communient dans la même ferveur pour le tiercé. Entre les tables circule une vieille Tzigane brandissant l'habituel bout de papier sur lequel est griffonné un message que personne ne lit. Seuls deux Africains assez âgés lui donnent quelque chose. Parmi les clients accoudés au comptoir, un Italien, ou du moins un type d'origine italienne, se signale par son agitation. Petit, trapu, la soixantaine bedonnante, vêtu d'un short et d'une chemise grande ouverte sur une poitrine velue, il est accompagné de sa régulière, une Vietnamienne du même âge que lui, à vue de nez, et vêtue quant à elle avec extravagance : short sur des bas nylon, sandalettes en plastique rose, et, sur la cafetière, qu'elle a toute peinturlurée, une sorte de capeline également en plastique rose, avec fleurs incorporées. L'Italien discute (vocifère ?) avec un grand type mince qui ressemble vaguement à Nehru.

Tous les trois — l'Italien, sa mousmé et Nehru — sont passablement chargés. « Ça c'est des hommes ! hurle l'Italien. Ça c'est des hommes ! » Et du coup il en fait péter les derniers boutons de sa chemise, et repousse Nehru de son ventre nu tout en lui agitant son index sous le nez : « Ça c'est des hommes ! » À mon avis, le différend entre l'Italien et Nehru tient surtout à ce que le premier est encore dans la phase ascendante-héroïque de sa cuite, tandis que le second, ayant amorcé sa descente, est déjà dans la phase pleurnicharde. Acharné à recueillir l'assentiment de l'Italien, Nehru s'obstine à pousser des « Viva ! » d'une voix lamentable. « Viva ! Viva ! » Mais, bien qu'il soit d'accord sur tout, et même au-delà, l'autre tient absolument à le traiter en adversaire, et à lui imposer brutalement sa domination alors que Nehru semble tout disposé à l'accepter de son plein gré, pour le pur plaisir de se soumettre. L'heure de la fermeture du café approchant, l'atmosphère s'alourdit : la clientèle se raréfie, et, comme ils sont les derniers à partir, la proportion de poivrots augmente inéluctablement. Soudain l'Italien s'énerve pour de bon contre Nehru parce que celui-ci prétend régler ne serait-ce qu'une partie de leurs consommations. « C'est moi qui paie ! Si je t'invite, on peut même vider toutes les bouteilles qui sont là — il désigne l'ensemble des litrons alignés derrière le comptoir — toutes ! Et c'est moi qui paie ! Et si t'es pas content, Vafanculo ! Capito ? »

Voyant que ça se gâte, la dame à la capeline, qui n'a pas molli elle non plus sur les spiritueux, tente de s'interposer, et d'expliquer à Nehru les us et coutumes de son compagnon en matière de civilités éthyliques. Et voilà que Nehru, entendant cela, se met à sangloter, au grand dam de deux types également accoudés au comptoir, mais qui jusque-là n'avaient pris aucune part à la conversation. « Faut pas pleurer ici ! » prévient l'un des deux quidams sur un ton à la fois compatissant et comminatoire. Nehru ravale ses larmes, l'Italien se calme : ôtant une de ses tongs, il se gratte pensivement le dessous du pied. Puis Nehru est repris par sa passion et se remet à crier « Viva ! » « Viva ! », et même « Viva Italia ! » d'une voix suraiguë qui, c'est indéniable, appelle tôt ou tard le baston. C'est aussi le point de vue d'un client solitaire et somnolent, la quarantaine, aux trois quarts ivre, et doué d'ailleurs d'une vraie tête de brute assortie à ses lunettes Ray-Ban : « Eh, toi, ta gueule, tu vois pas que je dors ? » Mais Nehru, tout à son chagrin d'amour, n'ayant pas relevé, Ray-Ban reporte sa mauvaise humeur sur son voisin le plus proche, un Turc ou un Kurde, à qui il passe soudainement la main dans les cheveux, ce qui, on l'aura compris, revient à le traiter de tante. Mal lui en prend. Comme électrisé, le type bondit de son siège, attrape Ray-Ban au colback et le lui tord sauvagement, ce colback, en le regardant dans les yeux avec une expression de haine flamboyante. Ray-Ban se déballonne aussitôt : « Eh, j'faisais ça comme ça, moi, parce que j't'aime bien » (il est manifeste qu'ils ne se connaissent pas). Comme quoi ce qui vous donne l'avantage, dans la guerre, c'est décidément la promptitude de décision et d'exécution : car Ray-Ban est beaucoup plus gros, beaucoup plus costaud, que le Turc — le Kurde — et, si ce dernier n'avait pas réagi avec une telle vivacité, il se serait peut-être fait casser la gueule, au bout du compte.

Après la fermeture du bistrot, c'est comme s'il n'y avait plus rien, même pas un banc où poser ses fesses, à Garges-lès-Gonesse. Au bout du quartier de la Dame-Blanche, au milieu d'une pelouse en pente, nue et tout à fait pisseuse, un panneau « Disneyland » semble n'avoir été planté là que pour se payer la tête des habitants du quartier. La pelouse monte jusqu'à un petit bois, bien miteux lui aussi, au-delà duquel un chemin blanc, crayeux, mène à des champs de patates et même à des prés où paissent des vaches bicolores.

Lundi 20 juin

En ce lundi 20 juin, vers 15 h 30, à la porte de Bagnolet, les cristaux liquides donnaient le « périphérique extérieur saturé jusqu'à Pré-Saint-Gervais », et le « périphérique intérieur saturé à partir de la porte de Vincennes ». Après avoir franchi à pied le fameux échangeur de Bagnolet, je m'enfonçai dans les souterrains de la station de métro Gallieni, j'aboutis dans le hall de cette si prometteuse gare routière « Eurolines » d'où il part à toute heure des autocars (et il en arrive autant qu'il en part) à destination de Bruxelles, Athènes, Rome, Prague, Amsterdam, Galway, Istanbul, Varsovie ou Moscou via Minsk et Smolensk, je ressortis devant l'entrée du centre commercial Bel-Est et là, m'émerveillant au passage des dimensions colossales de cet établissement et de la variété presque infinie des objets que l'on peut y acquérir, je m'élevai prestement de deux niveaux sur un tapis roulant, au milieu de ces amoncellements de marchandises sur lesquelles jamais le soleil ne se couche, j'empruntai une passerelle qui enjambait à l'air libre une des branches de l'échangeur, je descendis un escalier et me retrouvai ainsi le plus simplement du monde dans le hall de l'hôtel

Ibis, où un groupe de vieux touristes anglais se faisaient chapitrer par leur guide au sujet des tickets,
de couleur blanche, qu'ils devraient présenter le
lendemain matin à la cantine pour obtenir en
échange un petit déjeuner : « No ticket, no break-
fast ! » Grande fut la surprise du réceptionniste lorsque j'insistai pour obtenir une chambre donnant
— et donnant le plus possible — sur l'échangeur :
« D'habitude, c'est plutôt le contraire. » Depuis des
années, j'ai pratiqué tant de chambres d'hôtels Ibis,
dans toute la France et même bien au-delà, que leur
dénuement, leur très relatif confort, leur vicieux système permettant de convertir le robinet du lavabo
en pomme de douche (ce système étant d'ailleurs
en voie de disparition), et jusqu'à l'odeur acide
très caractéristique de leurs serviettes-éponges me
sont devenues agréablement familières. Être dans
une chambre d'hôtel Ibis, c'est n'être nulle part. Par
moments, leur anonymat, leur rigoureuse similitude
pourraient même faire douter de la réalité du monde
extérieur, de sa diversité et de sa confusion.

À 18 h 30, au milieu du plan incliné conduisant de
la bouche du métro Gallieni à l'entrée du centre
commercial Bel-Est, un type fait la manche, à genoux,
brandissant à deux mains — dans une position, donc,
épuisante — un morceau de carton sur lequel il a
écrit « J'ai faim ». À la même heure, venant de Bagnolet, un groupe de zoulous à la carrure inhumaine,
armés de litrons pleins, s'engouffrent dans le métro
Gallieni. Il n'est pas nécessaire d'être sociologue, ni
même éducateur de rue, pour craindre qu'avant la
fin de la soirée ils n'aient commis un nombre appré-
ciable de délits, et peut-être même de bien saignants.
Mais là, Dieu merci, ils sont en phase d'échauffement

— on peut penser que leur ardeur guerrière ne se donnera libre cours que lorsqu'ils auront embarqué dans une rame — et ne prêtent aucune attention aux brebis éparpillées sur la dalle. En haut de l'escalier du métro, debout devant une table minuscule, une dame chinoise grave des prénoms sur grain de riz. Elle peut aussi faire tenir sur le même grain de riz la date de naissance de la personne concernée. La dame a une tête si caractéristique de Chinoise de Chine — et non pas de la porte de Choisy — que, enfreignant (ce n'est ni la première ni la dernière fois) la règle que je m'étais fixée de n'aborder personne, je lui demande d'où elle est originaire. Elle vient de Shanghai — « C'est une belle ville, hein ? » — qu'elle a quittée, me dit-elle, voilà trois ans. La gravure sur grain de riz, qu'elle pratique depuis un an tant à Bagnolet qu'à Saint-Denis, Asnières et la Défense, lui permet de subvenir aux besoins de ses trois enfants, une fille et deux garçons. La cliente qu'elle est en train de servir, une jeune Antillaise du nom de Rosine, porte déjà deux grains de riz en sautoir.

Dès sept heures du soir, presque toute vie se retire du vieux Bagnolet, la rue Sadi-Carnot est en voie de désertification accélérée. L'activité — mais quelle activité ! — se concentre dans l'enceinte du Bel-Est, où une foule compacte, aiguillonnée par les inepties d'un animateur invisible — mais dont on peut penser que lui nous voit, puisqu'il commente ce que les gens font —, va et vient sans cesse, passant d'un niveau à un autre, avec majesté, sur des tapis roulants où évoluent aussi des trains entiers de caddies emboîtés les uns dans les autres.

À onze heures moins le quart, il traîne encore de

grandes lueurs de jour. De ma fenêtre, je vois les automobiles et les camions se presser sur plusieurs niveaux de l'échangeur, et au-delà, en partant de la gauche, l'enseigne rouge et bleu d'un magasin Carrefour, la lumière blanche, aveuglante, d'un stade ou d'un parking violemment éclairé, la masse sombre d'un parc en bordure du périphérique, enfin le reflet, sur la façade noire et lustrée de la tour Mercuriale la plus proche, de l'enseigne géante et rouge d'un magasin Auchan lui-même invisible de ma fenêtre. C'est ainsi, pour ce qui me concerne, que dans la nuit du lundi au mardi je suis passé du printemps à l'été.

Mardi 21 juin

Vers vingt heures, j'ai dîné rue Saint-Blaise, dans la partie haute de la rue, celle qu'un probable sursaut associatif a sauvée du sort funeste qui a frappé la partie basse, transformée en purgatoire pour l'expiation des pauvres et la germination des révoltes futures. C'est aujourd'hui le jour de la Fête de la Musique (Seigneur, protégez-nous de la Fête de la Musique, protégez-nous de Jack Lang — qu'on ne le revoie plus —, protégez-nous des commémorations, des bicentenaires et des cinquantenaires, protégez-nous de tout ce que l'État organise pour notre édification).

À partir de vingt-deux heures, le groupe Insects se produit en plein air au pied de l'église Saint-Germain-de-Charonne, devant un public hétérogène composé surtout de très jeunes gens, d'Africains en famille, et d'enfants qui dansent, sur le trottoir, comme dansent les enfants. Tout cela respire l'innocence, et il ne se trouve dans tout le quartier qu'un vieux râleur pour se boucher les oreilles en traversant la place. La musique des Insects, il faut en convenir, ne fait pas dans la dentelle, le chanteur hurle dans son micro à s'en faire péter les carotides, et le batteur

76

ou le bassiste s'acharnent avec la même fureur sur leurs instruments respectifs. Placé près d'un ampli, je remarque, comme dans le temps, lorsqu'il m'arrivait d'aller dans des night-clubs et de m'y trouver bien, à quel point ce genre de musique, portée à saturation — mais uniquement dans ce cas —, procure un sentiment de calme, d'éloignement, d'apaisement, assez semblable à celui qu'engendre un silence profond, absolu, celui, par exemple, de la nuit dans le désert. Lorsque ça s'arrête, on a du mal à reprendre pied. Plus je regarde les Insects, d'autre part, et plus ils me deviennent sympathiques, par tout ce qui dans leur dégaine traduit la revendication ostentatoire d'une vie malsaine — nuits blanches, alcool, tabac et le reste —, d'un mauvais état que l'on s'efforce par divers moyens d'aggraver. En voilà du moins que l'on ne risque pas de croiser dans les allées d'un parc en train de faire du jogging. Tout cela, je le précise, ne m'est sympathique que parce qu'ils ont l'air en même temps de bien se marrer. Quand leur prestation est terminée, le leader du groupe signale à la cantonade que les Insects se produiront le mois prochain dans une boîte dont il donne le nom. Puis, se rappelant tout à coup qu'il n'est pas confronté à son public habituel, et que les spectateurs de ce soir, trop jeunes ou trop vieux, trop périphériques, n'ont sans doute jamais entendu parler de cette boîte et ne peuvent la localiser, il reprend le micro et, d'un air goguenard, mais nullement méprisant, plutôt affectueux, il ajoute : « C'est à Pigalle... Têtes de nœuds ! »

2

Dimanche 21 août

Sarcelles. Dans un enclos grillagé — un peu comme les stations de police en Afrique du Sud —, l'hôtel-grill Balladins voisine avec un hôtel Formule 1 et un restaurant Chantegrill. L'enclos jouxte un petit parc récréatif aménagé autour d'un étang artificiel, et l'ensemble est cloué au sol par de gigantesques pylônes soutenant des lignes à haute tension décorées, à intervalles réguliers, de ces grosses boules de couleur qui évitent aux avions de se prendre les pieds dedans. En effet, tous les avions à destination de Charles-de-Gaulle survolent ce périmètre à basse altitude et même, aujourd'hui du moins — et bien qu'il puisse y avoir de légères variations en fonction du type d'appareil ou des habitudes du pilote —, au moment précis où ils sortent leur train d'atterrissage. Ce doit être un des signes auxquels on reconnaît, à Sarcelles, un étranger ou un nouveau venu : parce qu'il est le seul à lever le nez chaque fois qu'un avion semble prêt à s'écraser sur la ville, tandis que les gens du cru n'accordent plus depuis longtemps la moindre attention à cette parade aéronautique qui ne s'interrompt que quelques heures chaque nuit. Vers dix-huit heures, sous les avions, au milieu des pylônes, le parc accueille une foule considérable et babélienne, majoritairement d'origine africaine ou antillaise. Pas plus qu'au PMU, les différentes communautés ne se mélangent. Les gens sont pour la plupart regroupés par familles, ou par bandes, autour de petits foyers d'où émanent des fumées à la douce odeur de merguez (ou d'autres grillades), ce qui donne au parc l'allure d'un bivouac ou d'un camp de réfugiés. Sous une charmille, un orchestre africain de percussions fait assez de bruit pour couvrir celui des transistors de type ghetto-blasters que beaucoup de jeunes ont posés sur l'herbe ou portent à l'épaule. À l'instar, une fois de plus, des réfugiés — au moins de ceux qui ont eu le temps de se préparer à l'exode —, les usagers du parc se déplacent avec énormément de matériel : transistors, donc, mais aussi VTT, scooters pour certains, paniers à provisions et glacières, braseros, et parfois jusqu'à de véritables salles à manger portatives. Au bord de l'étang, sur un petit appontement, une bande de mômes, entre deux planches disjointes, a localisé un poisson hagard, encore plus bête que ses congénères, qui n'essaie même pas de s'enfuir lorsque l'un des enfants, ayant passé à grand-peine son bras dans l'étroit interstice, tente de s'en saisir. Tout seul, dans un parc où les gens vont par groupes, on se fait inévitablement remarquer, on devient même assez facilement suspect. C'est ainsi qu'un groupe de jeunes Beurs, lorsque je passe à leur hauteur, grommellent à mon intention des choses désagréables que je prends soin de ne pas entendre, mais d'où il ressort tout de même qu'ils me prennent pour un curé — ce n'est pas la première fois que ça m'arrive —, soit à cause de la mine doucereuse que je me suis composée afin que nul ne puisse me soupçonner de la moindre velléité agressive, soit à cause des vêtements que je porte, assez uniformément noirs ou gris. (Ainsi, si je ressemble à un curé, ce n'est pas du moins à Mgr Gaillot.) Dans le fond d'un vallon (comme dans la chanson, l'une de mes préférées, où le narrateur « a tué son capitaine »), une vieille dame antillaise, qui n'a certainement rien contre les curés, tient à l'enseigne de « Chez Yeyene » une minuscule buvette montée sur roues. En deux coups de cuillère à pot, elle me prépare un verre de glace pilée arrosée de sirop de grenadine, puis insiste pour que je goûte, gratuitement, pour le plaisir, à sa spécialité de crème glacée à la noix de coco. En sortant du parc, à l'extrémité de l'étang la plus proche de l'entrée, je vois une tortue d'eau venir respirer en surface. Comme il est peu probable qu'elle ait échoué dans cette pièce d'eau par des voies naturelles, il doit s'agir d'une de ces tortues exotiques que les gens achètent minuscules, et dont ils se débarrassent comme ils peuvent sitôt qu'elles ont atteint une taille incompatible avec les dimensions du bocal.

Lundi 22 août

Le temps est maussade, lourd et gris. Le vent a dû tourner : désormais, c'est au décollage que les avions survolent Sarcelles à basse altitude. Dans le centre commercial Les Flanades, la plupart des boutiques sont fermées, et il en va de même à Garges-lès-Gonesse, dans le centre commercial du quartier de la Dame Blanche. Livrée à elle-même, derrière le rideau de fer soigneusement tiré, la faune de l'animalerie, dans son désarroi, pousse des cris variés (à l'exception des tortues qui, ignorantes de ce qui les attend, se tiennent coites). Comme à l'accoutumée, les murs du centre sont couverts d'affichettes sommaires, anciennes ou récentes, qui vantent tour à tour la révolution péruvienne ou celle des Tigres tamouls, le cinéma indien, le Nouvel An kurde, la fête du Têt ou celle de « la femme africaine, et camerounaise en particulier ». Au PMU, je voisine avec une tablée de retraités dont le porte-parole — celui dont la voix porte le plus loin, et dont l'opinion fait autorité — ressemble à Léon Zitrone. « Moi, dit le porte-parole, s'adressant à ses commensaux, j'ai passé trente ans de ma vie — les plus belles de ma putain de vie — en Algérie. Je vivais à Alger dans le quartier

israélite. Dans ce temps-là, il n'y avait pas de racisme.
— Oui, renchérit un autre, le racisme, il est venu de
France, de métropole. » Après quoi la tablée se livre
à un tour d'horizon des problèmes internationaux.
Pour le porte-parole, il ne fait aucun doute que les
Français — les autorités françaises, plus précisément
— soient responsables de la destruction de l'avion
du président rwandais, laquelle a donné le signal du
génocide des Tutsis. Les autres semblent partager
son point de vue. Étrange époque, tout de même
(même s'il y en eut d'autres) où beaucoup de simples citoyens, peut-être la plupart, sont persuadés
d'être gouvernés par des menteurs, des voleurs et des
assassins et n'en paraissent pas autrement surpris ou
révoltés. Puis le porte-parole en revient aux années
de guerre, il évoque la destitution d'un magistrat juif,
en Afrique du Nord, par les autorités françaises, et
le cas des passeurs de Juifs, dans les Pyrénées, qui
dépouillaient leurs clients avant de les abandonner.
Bref, voilà un homme qui ne nourrit plus guère
d'illusions sur ses semblables.

En route vers les confins de la pseudo-ville et de la
pseudo-campagne, désireux d'explorer un échantil-
lon de leur (pseudo-)limite, je constate que la boucherie Chez Claude a retrouvé toutes ses vitres et que
la synagogue a écopé d'un nouveau graffiti « Mort
aux Juifs ». Au-delà de « Disneyland », j'emprunte le
chemin crayeux que j'avais repéré lors d'un précédent séjour, puis un autre chemin plus flou, vaguement tracé par un piétinement sporadique, qui suit
le mur de protection des voies du TGV. De part et
d'autre du mince filet d'eau, contenu dans une rigole
de béton, que les cartes désignent comme le « Petit
Rosne », des prairies s'élèvent légèrement, au nord

et au sud, où pâturent de nombreuses vaches et un cheval blanc. Sur la gauche, le sentier côtoie un ravin dont le fond est rempli d'appareils électroménagers hors d'usage. Dans le lointain on aperçoit des bâtiments agricoles et des meules de foin. Le bruit des avions, des trains, est incessant, mais pas si fort qu'on ne parvienne à distinguer, en se rapprochant d'Arnouville, les échos d'un concert canin de plus en plus fourni, de plus en plus discordant, caractéristique de l'habitat pavillonnaire. On imagine sans peine, au passage, dans quelle hantise de Garges, de ses émeutes, de ses bandes, doivent vivre les pavillonnaires habitants d'Arnouville. Sur le mur de soutènement de la route (la D 208) qui franchit la voie ferrée aux confins de Sarcelles et d'Arnouville, je relève ces deux graffitis (de la même main) : « Sortez de votre merde » et « Le peuple français n'est qu'un troupeau » (peut-être l'auteur, qui pour se rendre de Garges à Arnouville dut emprunter le ravin, a-t-il été inspiré par le spectacle des vaches en pâture). Dans Arnouville, je suis l'avenue Carpeaux, bordée de pavillons, plantée d'une double rangée de tilleuls et d'érables. Très peu de circulation. On n'entend que le bruit des chiens et celui des tondeuses à gazon. En repassant les voies vers le côté de Villiers-le-Bel (à moins que, de l'autre côté, ce soit encore Arnouville ?), je tombe sur une boutique très modeste, fermée pour cause de lundi, et surmontée d'un grand panneau lumineux sur lequel s'affichent successivement, en lettres rouges, ces données : « Pâtisserie-boulangerie », « lundi 22 août », « 11 h 37 », « Saint-Fabrice », « 25º C ». Je ne rapporte ces détails que parce que, désormais, c'est une des caractéristiques lancinantes de la pseudo-ville — c'est-à-dire en particulier, mais pas exclusivement, de la banlieue — que cette prolifération cancéreuse de signes, ou de messages (et donc aussi de supports pour ces signes et pour ces messages), qui ne s'adressent à personne, émanent on ne sait trop de qui, et ne sont porteurs d'aucun sens, leur seule justification étant peut-être d'offrir au vandalisme des cibles dont la destruction ne saurait être tenue pour un délit. Le long de la voie ferrée, je croise deux vieux à bicyclette que j'entends grommeler « C'est encore des Kurdes, ça, des clandestins », et un peu plus loin, les fenêtres ouvertes d'un très ordinaire pavillon laissent voir en effet des ouvriers, hommes et femmes, penchés dans un espace très restreint sur des machines à tisser.

Après avoir traversé une minime partie de Villiers-le-Bel, je reviens vers Sarcelles le long de la N 370. À l'horizon se dresse la silhouette d'une réplique grossière de la statue de la Liberté, peinte en bleu, signalant un hôtel sans nom, parfaitement cubique, « 135 F la chambre » (ceci en énormes caractères), voisinant au milieu de rien avec un magasin de vente Peugeot, une station-service, un Intermarché, un Brico-Marché, un hôtel Confortel-Louisiane, et un long bâtiment battant pavillon de l'« Alliance Biblique ». De part et d'autre de la route, survolés par des lignes à haute tension, des champs de blé déjà moissonnés, des champs de maïs, des tracteurs et d'autres machines agricoles en mouvement : tout cela semblant appartenir à un univers parallèle, inaccessible — d'ailleurs aucun chemin ne permet de passer de la route à cette apparence de campagne —, peut-être virtuel. Point de vue que paraît attester la carte Michelin *Banlieue de Paris,* où tout l'espace « rural », qui pousse ici sa pointe la plus avancée dans le nord-ouest de la capitale, est représenté en *blanc*, par opposition au jaune des zones habitées et au vert des parcs ou des bois : Empty Quarters.

Mardi 23 août

Lorsque vers dix heures du matin, rue des Deux-Gares, je me présente à la réception de l'hôtel Kuntz, les deux occupantes de la chambre qui m'est destinée ne sont pas encore réveillées. On m'invite à retenter ma chance vers midi. Au café d'en face, il n'y a que deux clients, un Noir silencieux, et une Blanche d'une soixantaine d'années (bien sonnée) en proie à une crise de logorrhée que rien ne semble pouvoir interrompre. Le Noir silencieux lui offre un demi (peut-être pour la faire taire ?) et se heurte à un refus poli.

« J'ai pas bu depuis deux jours... La dernière fois, c'était une bière, samedi après-midi. Dimanche, rien que du café ! Aujourd'hui, à dix heures du matin, j'ai déjà pris deux verres (il s'agit de deux verres de rouge), alors je m'en tiens là... Je suis une bonne buveuse, oui, mais généralement je m'arrête deux jours par semaine pour pas devenir accro. » (Toutes ces dénégations désignent évidemment la dame comme une alcoolique, alors qu'en se taisant elle aurait pu laisser planer le doute sur cette particularité de son caractère.) « Dans la journée, si je vois des gens emmerdants au café (elle s'enfonce...), en rentrant chez moi, le soir, je vais dans la cour et je fume un havane : la tranquillité, ça n'a pas de prix ! » Et ainsi de suite.

« J'ai une voisine abominable, une horreur ! Même Maman, qui a quatre-vingt-quatorze ans, elle l'injurie ! Elle a eu successivement trois maris, et tous les trois sont morts. Je me suis dit : ils l'ont trouvée tellement emmerdante qu'ils ont préféré aller au cimetière ! »

Un temps d'arrêt.

« Je suis bien ici, je suis tranquille, personne ne m'embête... Bon, faut que je retourne à mon hôtel (il semble qu'elle soit logée à la même enseigne que moi). C'est bien tenu : c'est rien que des Kabyles et des Sri Lankais, mais alors des gens bien... Si une lampe pète, eh bien ils vous la remplacent dans la journée ! »

Dans un autre registre : « Le socialisme, c'est l'esprit de la France ! La générosité pour les plus défavorisés, le partage des richesses... Vous n'êtes pas socialistes, vous ? » Puis, aussi sec : « Il n'a pas fait que du mal, Pétain. Tout le monde lui tombe dessus, maintenant, mais quand même, dans Travail, Famille, Patrie, il y avait du bon, non ? »

Par lassitude, ou par compassion, ses deux interlocuteurs — ou plutôt ses deux auditeurs, puisqu'elle ne leur laisse jamais le loisir d'en placer une — acquiescent à tout ce qu'elle dit. « C'est vrai, mon grand-père était riche, il fabriquait de la bière. »

Entre la patronne, jeune, bien en chair (elle était demeurée invisible jusque-là, laissant au patron et au Noir silencieux le soin de se débrouiller avec la vieille).

« Ah ! mais vous êtes très bien, Madame, non, pas

trop grosse, pas du tout ! Vous auriez même un peu plus de fesses que ça serait pas plus mal, je vous assure. Vous aussi, vous êtes kabyle ? » (La patronne acquiesce.) « Alors tout le monde est kabyle, en France !

— Ah bon, plaisante la patronne, parce que vous êtes kabyle, vous aussi ?

— Non, moi je suis lorraine, mais d'origine polonaise : on est venus de Pologne avec le roi Stanislas. Mon oncle, il était comme papa, directeur aux Potasses d'Alsace. Pendant la dernière guerre, notre maison a été brûlée jusqu'au sol. » (Un peu plus tôt, elle a parlé de la maison où elle vivait actuellement, à Nancy, « une maison de dix pièces », et si difficile à chauffer que le plus souvent elle devait se contenter de « deux bouillottes »). « Quand les Américains sont arrivés, qu'ils distribuaient des chewing-gums, j'ai trouvé ça dégueulasse... »

De nouveau un temps d'arrêt, comme si, désespérément, à l'instar de tout ivrogne surpris par un « blanc » au beau milieu d'un monologue, elle farfouillait dans son stock à la recherche d'un lot encore inentamé de balivernes.

« Les jeunes sont pas préparés à un malheur, ils sont trop adulés par leurs parents. »

Enfin, ayant touché avec effroi le fond rugueux de sa hotte (tel le Père Noël dans *Michka le petit ours*), elle se lève pour partir. « J'ai mon épanchement de synovie qui m'a repris dans le train, regardez mon genou ! »

Après son départ, ni le Noir silencieux, ni la patronne, ni le patron ne font le moindre commentaire à son sujet.

En haut de l'escalier en fer à cheval qui mène de la rue d'Alsace au parvis de la gare de l'Est, un jeune Beur à l'œil allumé tient une sorte d'octroi, d'où il sollicite, en français ou en arabe, tous les passants. Ceux qui ne donnent pas, il les accable de malédictions bilingues, mais plutôt plaintives que réellement menaçantes : « Il est pas sympa, votre mec, mademoiselle, j'espère que ça lui arrivera à lui aussi, un jour ! » Pour stimuler la compassion, ou la mauvaise conscience, des éventuels donateurs, il a mis au point une petite mise en scène assez soignée, avec l'aide d'une comparse gémissante et hagarde, à demi écroulée sur la balustrade, et qu'il désigne en ces termes aux passants : « C'est ma femme, elle est enceinte ! » Rien ne prouve d'ailleurs que ce ne soit pas sa femme et qu'elle ne soit pas enceinte.

MAIRIE DE LA COURNEUVE, VERS QUINZE HEURES

Dans un petit café, bien caractéristique, lui aussi, d'un monde en train de disparaître, deux gamines beurs assez opulentes, plutôt belles, l'une brune et l'autre décolorée, grattent à qui mieux mieux, en riant aux éclats, des millionnaires ou des tac o tac. La brune ne gagne jamais, la décolorée de temps à autre.

« Bon ! dit soudain la brune, c'est pas tout ça, il faut que j'aille faire des courses. »

Toutes deux se lèvent. Le garçon du bistrot, rou-

quin, dans les vingt-cinq ans, s'adressant à la brune :
« Tu reviens ?

— Oui, je reviens après les courses. »

Dès que les filles ont passé la porte, la voix d'un consommateur invisible — car assis dans l'arrière-salle du bistrot — interpelle le garçon :

« C'est une copine à toi ?

— Oui, enfin, c'est une copine comme ça, pas une copine-copine. » Et le garçon ajoute, comme pour s'excuser de son peu d'intimité avec la belle brune : « Tu sais pas que je me marie dans trois semaines ? »

Non, l'interlocuteur invisible ne le savait pas. Peu après, ce dernier fait son apparition : il se dispose à sortir. C'est un type d'environ vingt-cinq ans, lui aussi, blond, le visage marqué, qui à divers signes donne l'impression d'être à deux doigts de lâcher la rampe. De sa main droite, il tient en laisse un berger allemand, et dans sa main gauche, il serre l'anneau d'une cage minuscule dans laquelle se pourchassent trois canaris pouilleux et déplumés.

« Dis donc, il y en a un, on lui voit la peau ! Bon, il faut que je trouve une cage un peu plus grande, et puis tout ira bien. »

Exit l'homme au chien et aux oiseaux.

MÉTRO CRIMÉE, CINQ HEURES DU SOIR

Sur le quai, d'une seule main, un type déplie un carton afin de lui imprimer la forme d'un parallélé-pipède rectangle, le pose dans le sens de la hauteur, le recouvre d'un plateau lui-même garni d'un tor-chon blanc sur lequel il dispose quelques sachets de cacahuètes grillées, tout cela sans cesser de surveiller les environs dans un rayon de 180 degrés, avec des gestes d'une précision, d'une économie, d'une vivacité d'escamoteur.

Dans le restaurant (un couscous), il n'y a, en plus de moi, que deux clients. La télé marche à plein régime. L'un des deux clients est effacé, l'autre, très expansif, a le visage tellement raviné, un tel pif, des sourcils si broussailleux, enfin des esgourdes si semblables à des poignées d'amphore qu'à côté de lui même Michel Constantin ferait figure de ballerine. Il lit *Le Parisien.*

« Eh, Tonton ! » (C'est le surnom du patron, kabyle, et doué d'un accent « algérien » aussi typique que l'est l'accent parigot de Poignées d'Amphore.) « T'as vu ? Y a Johnny et Adeline qui se séparent ! Tu devrais partir à Saint-Tropez, c'est le moment ! » Puis, songeur : « La semaine dernière, à la télé, c'était le grand amour ! »

Commentaire de Tonton : « C'est la vie d'artiste... »

Auparavant accoudé au comptoir, pour l'apéro, Poignées d'Amphore s'installe à une table pour dîner : « Qu'est-ce qu'il y a au menu ?

— Ce soir, répond Tonton, malicieux, c'est Carlos et Vergès !

— Bon, eh ben alors, mets-moi un hareng-pommes-à-l'huile et un bourguignon. »

À l'extérieur se met en place la petite cour des miracles en quoi chaque nuit transforme pour quelques heures la rue d'Alsace.

Mercredi 24 août

Bien que le jardin de Stalingrad, entre la Rotonde de Ledoux et le bassin de La Villette, ait cessé depuis longtemps d'être un haut lieu du commerce des stupéfiants, la police y maintient de manière presque permanente des effectifs d'importance variable, soit par paresse — car il est reposant de traquer le vice en des lieux d'où il s'est retiré —, soit pour éviter qu'il le redevienne. À sept heures et demie du soir, un grand car et une camionnette de CRS stationnent au pied de la Rotonde, sous la courbe très élégante que décrivent entre Stalingrad et Jaurès les voies du métro aérien, et des flics à pied se déploient dans le jardin pour procéder à des contrôles. Passent deux types auxquels je sens que ça pend au nez, eux aussi sans doute, de telle sorte qu'en arrivant à hauteur des flics ils adoptent — ils affectent — une démarche à la fois trop rapide, à mon avis, et trop décontractée. Il est vrai qu'il n'existe pas de recette universelle, infaillible, pour déjouer la méfiance de la police. Lorsque les deux passants se font intercepter, de la position dominante que j'occupe, assis au sommet de la digue qui surplombe l'écluse, je ne vois plus des différents protagonistes de cette interpellation que le bas de leurs jambes et leurs pieds — chaussés pour les uns de Nike et pour les autres de godillots réglementaires (au total quatre paires de pompes) —, le reste de leurs corps m'étant dissimulé par le feuillage des arbres qui nous séparent. Ainsi s'agit-il d'une scène de pieds : or ces derniers, au moins lorsqu'ils sont chaussés, ne constituent pas la partie la plus expressive du corps humain. Pendant ce temps, d'autres CRS — que je peux voir, eux, de la tête aux pieds — contrôlent un couple de jeunes, lui Noir, elle Blanche, écroulés au pied d'un arbre sur une pelouse constellée de déchets divers (ce détail n'est pas destiné à assombrir le tableau : il a, on le verra, son importance). L'interpellé est coiffé de l'inévitable casquette, chaussé des inévitables pompes de sport : tout cela lui est ôté, successivement, pour être soumis à de minutieuses palpations, de même que chaque repli de ses frusques et le sac en plastique qui lui tient lieu de bagage. Sa compagne bénéficie d'un traitement tout aussi attentif. Soudainement, un flic retire de la poche arrière de l'interpellé ce qui de loin ressemble à un vieux morceau d'intestin grêle ou à une très longue capote anglaise usagée. Tout d'abord, les flics ont l'air passionnés par cette trouvaille, dont ils imaginent sans doute qu'elle peut faire office de garrot. Mais ni la possession — ni même le port — d'un objet pouvant servir de garrot ne constitue un délit. Il faut encore trouver ou la poudre, ou la shooteuse. Aiguillonné par cet indice, l'un des flics se penche donc pour inventorier un par un les innombrables petits déchets éparpillés dans l'herbe dans un rayon de un mètre cinquante environ autour du couple suspect. Puis, n'ayant rien trouvé — autant chercher

96

une aiguille dans une botte de foin —, les flics se découragent, restituent le morceau d'intestin grêle, et laissent les deux contrôlés se vautrer à nouveau, au pied de leur arbre, dans leur souille. Debout, ils continuent même à s'entretenir quelque temps, plutôt amicalement semble-t-il, avec les deux allongés. Hélas ! Les choses ont moins bien tourné pour les deux passants dont nous ne voyions, au moment de leur interpellation, que les pieds. Ils avaient pourtant une meilleure présentation que les deux autres, mais sans doute de moins bons papiers. Après vérification, les flics les embarquent dans la camionnette, tandis que le car reste sur place. Un quart d'heure passe, et les flics contrôlent encore deux passants, d'abord un Noir, puis, pour faire bonne mesure, un Blanc. Boulevard de la Chapelle, à la nuit tombée, une autre variété de poulagas — en fait, à en juger par leur uniforme et par la couleur bleu marine de leurs cars, il doit s'agir de gardes mobiles — est déployée sur le trottoir au pied de la Goutte-d'Or, entre la rue de la Charbonnière et le boulevard Barbès. Un groupe de jeunes les observent, goguenards. À première vue, il ne semble pas que les gardes mobiles fassent d'excès de zèle. Mais leur présence massive en ce lieu, le mousqueton en bandoulière, les moteurs de leurs cars, alignés le long du trottoir, tournant au ralenti, évoquent de fâcheux souvenirs. Boulevard Barbès, des motards procèdent à des contrôles mobiles, et de la rue Christiani, au moment où je m'y engage, déboulent à toute allure deux voitures de police qui négocient leur virage avec des crissements de pneus et des déhanchements de la caisse à la limite du tonneau. Naturellement, tout le monde sait bien, à commencer par ceux qui les organisent, que jamais une démonstration de ce genre n'a permis d'arrêter le moindre « terroriste ».

Jeudi 25 août

Vu de la fenêtre de ma chambre à l'hôtel Kuntz, l'est de Paris n'évoque rien de particulier. Entre Flandres et Italie, pas un monument ne se détache d'une masse informe, étagée sur plusieurs niveaux, de bâtiments sans style, on ne distingue pas d'autres repères que des antennes, des grues, des tours de télécommunication, comme dans la capitale d'un pays neuf mais déjà plus tout jeune. Au premier plan, le trottoir et la balustrade de la rue d'Alsace, presque à toute heure zébrés l'un et l'autre de traînées de pisse et jonchés de bouteilles et de boîtes, au-delà et en contrebas toute la largeur des voies de la gare de l'Est, couvertes par des auvents, et sur lesquelles flotte toujours un brouhaha de haut-parleurs. Cette large vallée ferroviaire repousse la ville à distance et libère une vaste étendue de ciel, nuageux, lumineux, et en proie à de violentes turbulences en cette soirée du 25 août. À huit heures du soir, l'ombre des maisons de la rue d'Alsace s'étend sur les voies de la gare de l'Est jusqu'au ras des immeubles qui bordent l'autre rive, encore en pleine lumière, et cette masse d'ombre est elle-même découpée très régulièrement, d'un bord à l'autre, par une bande lumineuse correspondant à la tranchée ouverte d'ouest en est par la rue des Deux-Gares. Debout sur un étroit balcon situé un peu plus haut que ma fenêtre, sur la droite, et de l'autre côté de la rue des Deux-Gares, une jeune fille que je vois de profil semble tenir en l'air par miracle, sans même un battement d'ailes, au milieu des nuages, juste au-dessus des tours de la place d'Italie.

Pourchassé par un orage qui déjà obscurcit complètement son extrémité orientale, du côté de Stalingrad, et finalement passera son chemin sans me mouiller, je descends la rue La Fayette en direction de l'Opéra. Maudite rue La Fayette, aimable comme une tranchée coupe-feu ou comme un couloir d'avalanche, et dont la seule grâce, en dehors peut-être de la place Franz-Liszt, gît dans l'angle qu'elle forme avec la rue Laffitte, d'où l'on peut voir l'église Notre-Dame-de-Lorette et celle du Sacré-Cœur empilées l'une sur l'autre au mépris de toute logique et de toute cohérence architecturale. Au Général La Fayette, où je me suis arrêté pour dîner, j'observe que si la presbytie n'empêche pas de se nourrir, elle rend tout de même cette fonction assez aléatoire. Ayant oublié mes lunettes à l'hôtel Kuntz, ce n'est pas tant que je n'arrive pas à lire la carte — je parviens à le faire en la tenant à bout de bras — mais plutôt que les nourritures que je porte à mes lèvres se transforment désagréablement dans le cours de cette opération. Lorsque je les pique de la pointe de ma fourchette, elles offrent un aspect encore assez clair et distinct pour me permettre de viser, et de distinguer par exemple à coup sûr une cuisse de poulet d'un oignon, mais au fur et à mesure qu'elles se rapprochent de leur destination elles perdent de leur défi-

100

nition, elles s'embrouillent, jusqu'à se fondre en une bouillie de couleurs déteignant l'une sur l'autre, que j'avale avec l'appréhension qu'en cours de route leur essence n'ait subi une altération du même ordre que leur apparence.

Un peu plus haut dans la rue La Fayette, barrant toute la largeur d'un pignon aveugle, déjà l'affiche « Leila 100 F plus tard » m'avait levé le cœur. Jamais, me semble-t-il, l'« humanitaire » ne s'était à ce point vautré dans sa propre fange, jamais il n'avait fait un tel étalage de sa misère. A considérer les deux affiches — avant et après —, on est d'ailleurs tenté de penser que, pour obtenir ce résultat écœurant, ils ont dû en fait affamer jusqu'à la limite de l'inanition, en la séquestrant longuement sous une tente de l'association concernée, la pseudo-Leila. Car le contraste — l'effet — est tout de même beaucoup plus facile à obtenir dans ce sens-là et, puisqu'ils travaillaient pour une juste cause, ils auraient eu tort de se gêner.

Et voilà que sous un abribus me saute à la figure une affiche de C & A, relative à la rentrée scolaire, qui est peut-être plus obscène encore, sur un autre mode, que la précédente. « Dès la rentrée, lit-on sur cette affiche, la mode part en campagne. » Et cette forte thèse est illustrée par le portrait en pied d'un gamin de cinq ou six ans, véritable porcelet à la hure rose tachetée de son, au regard vide et arrogant, la main gauche glissée dans la poche de son pantalon de manière à imprimer un pli élégant au gilet sans manches, boutonné, qu'il porte par-dessus son pull, en sorte de collectionneur ou de rentier. Chose inouïe, déjà sur son visage de poupon, informe et mollasson, est peinte une expression directoriale, reflétant la conviction d'appartenir à l'élite, ou du moins à cette sorte d'élite qui, dès l'âge où ils pissent encore au lit, soumet ses enfants (ou accepte d'être soumise par eux, ce qui revient au même) à la tyrannie de la marchandise, de la mode et du « chic ». Symptomatiquement, le pendant féminin du poupon directorial est une honnête gourdasse à laquelle on a donné l'air plutôt aimable.

(Guy Debord : « Le capital n'est plus le centre invisible qui dirige le mode de production : son accumulation l'étale jusqu'à la périphérie sous forme d'objets sensibles. *Toute l'étendue de la société est son portrait*[1]. »)

PLACE DE LA CONCORDE,
DIX HEURES DU SOIR

Une foule nombreuse, mais tout de même assez clairsemée, contrairement à ce qu'écriront les journaux du lendemain, écoute les platitudes débitées successivement par le président de la République et le maire de Paris (encore est-il excessif de prétendre qu'elle « écoute », puisque, au moins dans le secteur où je me trouve, au débouché de la rue Royale, cette foule est composée majoritairement de touristes qui n'y comprennent rien, et se soucie de la Libération de Paris comme nous des révolutions de Tegucigalpa). Deux gigantesques écrans reproduisent l'image des orateurs en train de débiter les platitudes susdites, qu'un présentateur, un meneur de jeu — puisqu'il s'agit d'un spectacle — résume, à un

---

1. *La Société du spectacle*, 1967, rééd. Gallimard 1992. C'est nous qui soulignons.

moment donné, en ces termes : « L'unité des Français, à l'image de ce qui s'est passé dans la Résistance... » Ainsi les Français étaient-ils unis dans la Résistance. Cela valait la peine de marcher jusqu'à la Concorde pour entendre des conneries pareilles.

RUE DES DEUX-GARES, MINUIT

La rue est calme, agitée de loin en loin par le passage ferraillant d'un camion jaune du tri postal, et de manière plus régulière par les flots de musique — du rock — émanant du café Le Dellys, celui qui est situé presque en face de l'hôtel Kuntz. Quelques tables sont déployées sur le trottoir. À l'une d'elles est installé le patron — jeune, plutôt joli garçon —, un autre type et deux filles, les uns buvant de la bière et les autres de la menthe à l'eau. Un groupe de touristes allemands occupent la table voisine. De l'autre côté de la rue, trois Indo-Pakistanais, baignant dans une lumière bleutée, règlent les derniers détails préalables à l'ouverture du restaurant Taj Mahal.

Un coupé BMW se gare le long du trottoir, il en sort un jeune Chinois opulent, genre businessman, qui vient taper dans la main du patron. Puis c'est le tour d'un barbu, à pied, que le patron hèle de sa terrasse : « Salut, Kamel ! », et qui vient congratuler ce buveur de bière, cet amateur de rock, ce promiscuiteux, bien qu'il ait, lui, Kamel, une allure caractéristique d'islamiste, ou du moins de croyant sévère. À l'extrémité orientale de la rue, au-dessus des voies de la gare de l'Est, la lune se débat parmi des nuages d'encre de seiche, tandis que les feux d'artifice font dans le lointain comme un roulement continu d'artillerie légère. Bien qu'autant compissé, aussi jonché de boîtes et de canettes, le parapet de la rue d'Alsace est à cette heure tardive moins bien achalandé que d'habitude. En temps ordinaire, on compte facilement, accoudés au parapet, assis dessus ou pissant contre, jusqu'à quinze ou vingt trimardeurs originaires de différentes parties du monde, dont une proportion régulièrement croissante de slavophones. Cette nuit, il n'y a plus que deux clients, et puis seule, à l'écart, une femme dans un état véritablement inhumain de déréliction, toute croûteuse, que les deux autres repoussent inlassablement chaque fois qu'elle tente de se rapprocher d'eux. À la fin, il ne reste plus qu'elle, qui suçote le fond de toutes les canettes abandonnées çà et là, puis va pisser, accroupie, en haut de la rampe d'accès au centre de tri postal.

Vendredi 26 août

De ma nouvelle chambre d'hôtel, rue Ravignan (place Émile-Goudeau, plus précisément), je jouis pour la première fois d'une vue « noble » sur Paris, qui s'étend du dôme des Invalides au pseudo-moulin de la Galette via le Grand Palais, la tour Eiffel, l'Arc de Triomphe et les tours de la Défense. Au premier plan, au-dessus du petit jardin public qui jouxte l'hôtel à l'opposé de la place Émile-Goudeau, et presque à hauteur de ma fenêtre, un faucon crécerelle est figé, ailes frémissantes, dans la position classique dite « du Saint-Esprit » (un faucon crécerelle en tout point semblable à celui, tombé du nid, que Reine avait recueilli chez elle à Belfort).

Il est neuf heures du soir et le soleil se couche sur la rue Lepic. Un peu en amont du café des Deux Moulins, une petite scène de genre met aux prises deux types qu'à vue de nez je définirai l'un comme un dégonflé, l'autre comme une ordure.

« Pourquoi, se lamente le dégonflé, pourquoi m'as-tu volé mon appareil photo ? » Le regard dissimulé derrière des lunettes noires, l'ordure grommelle d'ordurières injures, tout en serrant dans sa main droite un stylet et en affectant une vague posture d'escrimeur. Va-t-il frapper le dégonflé ? Non, car ce dernier bat en retraite (à juste titre, car à quoi bon risquer un coup de stylet pour un appareil photo que de toute manière il ne reverra jamais ?) en abritant son amour-propre derrière cette menace de pure forme : « Si tu repasses devant le café, t'es mort ! »

« Le carrefour du monde qui s'amuse se doit de créer une ambiance digne de vos joies. » C'est par cette formule — et d'autres encore plus délicieusement désuètes (aussi « années cinquante » que les sortes de flaques jaunes, de forme indéterminée, sur lesquelles elles sont inscrites), telles que : « Martiens, Lunaires, en soucoupe, spoutnik ou autre sont les bienvenus. Tout pour eux ici est gratuit » — que l'on est accueilli au Pigalle, cette brasserie du boulevard de Clichy qui est à la fois l'un des établissements les plus lugubres — ou les plus mélancoliques — du quartier et l'un des seuls qui, je ne sais trop pourquoi, m'inspirent depuis l'aube des temps une grande sympathie. Peut-être est-ce parce que je l'ai presque toujours fréquenté ivre. Peut-être est-ce parce que j'y ai plusieurs fois retrouvé F., une amie qui habite le quartier, et à laquelle, au détour de ce paragraphe, je renouvelle l'expression de ma très vive et très particulière affection. Ou peut-être cela tient-il à l'étrangeté du décor, d'un mauvais goût que l'on a pris soin de préserver, ou encore au charme du barman qui officie aux heures nocturnes, d'une courtoisie et d'une tristesse jamais prises en défaut. Toujours est-il que j'aime Le Pigalle, et que c'est un des rares lieux, à Paris, où je puisse dîner seul, et à la rigueur boire seul, même à l'excès, sans me sentir mal. Et ce soir, le caractère miraculeux de cet établissement est encore attesté par la présence, au comptoir, juché à côté de moi sur de hauts tabourets, d'un couple aussi macorlanesque que possible, dont le ton, l'aspect, la tournure offrent une rare synthèse de déchéance et de dignité. Elle, la cinquantaine bien tassée, une vieille pute, pour dire les choses telles qu'elles sont, grosse, la voix caverneuse, coiffée de cheveux décolorés et tire-bouchonnants comme s'ils sortaient à l'instant d'une machine à laver mal programmée, à l'instar de son chemisier, hideux mélange de couleurs fondues. Lui, peut-être dix ans de plus, costume sombre, chemise blanche à col raide, cravate à fines rayures de couleur, le nez busqué, les sourcils en accent circonflexe, de belles dents blanches probablement fausses et de rares et fins cheveux blonds incontestablement teints, d'une politesse et d'une timidité qui démentent, de même que sa petite taille et sa chétive carrure, sa légère ressemblance avec le chef de l'État syrien. La conversation entre cette vieille pute et son chétif client se déroule pour l'essentiel en allemand, mais avec de nombreux emprunts à d'autres langues, et sur un ton d'une courtoisie certes un peu affectée, parfois légèrement ridicule, mais tout de même assez plaisante.

Lui : « I like speak english with you ! »

Elle : « You speak very good english, chéri ! »

Là-dessus il reprend en allemand, elle lui répond dans la même langue et conclut en français : « pourquoi pas ? », mais avec l'accent de Bourvil jouant le rôle d'un officier allemand dans un film burlesque. La contenance du barman, comme à l'accoutumée, est également parfaite. La vieille pute lui ayant fait part de la ressemblance que son client lui trouve avec Sammy Davis, il lui répond, d'un air encore plus lamentable, plus résigné, que d'habitude : « Oh oui, je sais, tout le monde trouve que je ressemble à Sammy Davis ! »

Rentré ivre à l'hôtel, je regarde pour tuer le temps, sur M 6, une enquête sur les fabricants de cosmétiques. Or ce qui est divertissant, dans ce reportage, c'est que tous les représentants des marques concernées, du directeur général au représentant-placier en passant par le responsable de la communication, ont la peau du visage grêlée, rougeoyante et acnéique, comme prête à partir en lambeaux et pour tout dire répugnante. Ou peut-être est-ce un effet de mon ivresse ?

Samedi 27 août

Le bus 64 — un bus unique en son genre, raccourci de manière à pouvoir se faufiler dans les rues étroites et tortueuses qu'il emprunte — se rend de la place Pigalle à la mairie du XVIIIe en passant par la place du Tertre. Au terminus de la place Pigalle, de bon matin, en attendant le départ, le chauffeur fait réviser à son fils une leçon de grammaire concernant l'accord du participe passé avec le complément d'objet. Mais il s'embrouille, et, devant témoins, le fils dénonce l'ignorance de son père avec une brusquerie, une morgue à coup sûr très blessantes pour ce dernier. Puis il va s'asseoir au fond du bus — donc le plus loin possible de son père — et somnoler, l'air maussade, sur son manuel de cinquième. Il est étrange de penser que, de cet incident somme toute mineur, le père retirera peut-être un sentiment incurable d'humiliation, et le fils, beaucoup plus tard, un sentiment de culpabilité qui fera les délices de son analyste s'il a les moyens de s'en offrir un.

Tous les chapeaux noirs — assez semblables aux cônes de terre que l'on retire d'un pot de fleurs proprement renversé — que vendaient hier des Africains, à la sauvette, sur le parvis du Sacré-Cœur, ont été remplacés par des képis de gendarmes. Depuis quelques jours, l'ordre public se fait décidément très voyant. Pour les touristes, à l'exception peut-être de ceux qui fument des joints sur les marches du grand escalier, cela ne fait guère de différence, les gendarmes étant tout aussi pittoresques que les vendeurs africains qu'ils ont fait fuir. Tandis que la nuit tombe sur le cimetière du Nord, qu'enjambe magnifiquement, sur un pont métallique, la rue Caulaincourt, l'enseigne de l'hôtel « Terrass » s'allume au fronton de ce dernier, ou, plus précisément, le circuit électrique des quatre premières lettres étant hors d'usage, seules les trois dernières s'allument, ce qui, de loin, doit exercer une irrésistible attraction sur la clientèle anglo-saxonne. D'autant qu'il s'agit tout de même d'un trois-étoiles.

Après avoir dîné, de nouveau, au Pigalle, je remonte vers la rue Ravignan, lorsque, place des Abbesses, à l'incertaine lueur d'une cabine téléphonique, je découvre qu'une éclaboussure de merde, très finement calibrée, d'ailleurs, et nervurée, à la manière un peu de ces petites nouilles que les enfants apprécient parce qu'elles sont de formes variées, s'est inexplicablement abattue sur le dessus de mon soulier droit. J'entre donc aussitôt dans le bistrot le plus proche, rue des Abbesses, afin d'investiguer la chose, dans la solitude des toilettes, et surtout de m'en débarrasser. Au sortir des toilettes, il me faut bien sûr consommer. Et la seule place dont je peux m'approcher, au comptoir, est occupée par un chien. Survenant après la mésaventure de mon soulier droit, ce nouvel incident, on peut le comprendre, me contrarie. D'autant que le chien n'est pas seul : un de ses congénères (tous deux sont des bergers allemands) est couché non loin de là sous un flipper. Par deux ficelles, les deux chiens sont reliés à leur unique maître, lui-même accoudé au comptoir, un type avec des cheveux longs, un chapeau en cuir, et au bout du compte une assez belle gueule de trimardeur. Le type est flanqué de deux vieillardes, l'une, toute petite — mais qui a tout de même râlé sec, d'une voix forte, lorsque j'ai tambouriné sur la porte des toilettes qu'elle occupait interminablement — et dont la chevelure blanche arrive à peine au niveau du comptoir ; l'autre, coquette, les cheveux sombres, le regard perçant, les lèvres pincées, le menton en galoche, et qui par la suite ne perdra pas une occasion — en créera, au besoin — de me palper la taille. Au moment où cette histoire commence, Madame Suzanne — c'est le nom de la seconde vieille dame, celle qui palpe — explique au trimardeur comment, la veille, « des loubards » ont provoqué un esclandre dans le café. Bien que la chose ne soit pas exceptionnelle, elle en est encore toute retournée. C'est un Antillais, précise-t-elle, qui a cogné le barman, etc. Par la suite, alors qu'il me sera déjà devenu sympathique par d'autres traits de son caractère, le trimardeur me le deviendra plus encore en me racontant comment chaque soir, ou du moins régulièrement, il raccompagne chez elles les deux petites vieilles afin qu'elles ne se fassent pas attaquer. Car bien qu'elles

111

n'aient généralement plus un sou lorsqu'elles sortent du bistrot, il leur est arrivé de se faire agresser, parfois même en plein milieu de la place des Abbesses. Mais au moment où cette histoire commence, je ne sais donc rien ni des deux vieilles ni du trimardeur. C'est pour surmonter la gêne que me cause la présence de son chien, couché à mes pieds, et, bientôt, sur eux, que je lui adresse la parole. Le type m'explique que ces deux chiens — et encore un troisième, qui est de sortie —, il les a adoptés, ou plutôt non, il n'a adopté que celui — celle, car il s'agit d'une chienne — qui en ce moment même est couché sur mes pieds. La chienne, poursuit-il, avait été abandonnée par un couple de gouines qui auparavant l'avaient soumise à toutes sortes de fantaisies et de sévices. Drôle de type. « Je fais la manche, mais aujourd'hui, par exemple, ça m'a rapporté tout juste de quoi me payer trois côtes. » (Néanmoins, lorsque je lui offrirai un verre, lui proposant de me suivre à l'alcool de poire, il n'acceptera qu'un quatrième côte. Quant à Madame Suzanne, elle n'acceptera le verre que je lui offre que contre la promesse — fallacieuse — que je reviendrai le lendemain pour qu'elle me rende la politesse.) « En revanche, je suis toujours arrivé à nourrir mes chiens. » « Si je voulais, je pourrais faire l'artiste, vu ce qu'ils font aujourd'hui... » Ainsi ferait-il le trimard autant par vocation que par nécessité. Un solitaire, qui se méfie de tout le monde, et des « loubards » en particulier. En plus d'un bout de trottoir du côté de la place des Abbesses, il possède une cabane en forêt, près de Paris. Tout cela est un peu décousu, je m'en rends bien compte, mais c'est aussi le cas des conversations de bistrot passé une certaine heure. Et de la conversation, le trimardeur n'en manque pas. Qu'il s'agisse de l'Amérique, des Indiens, des Turcs que l'on brûle en Allemagne, de la barbarie qui gagne du terrain à l'Est, de la guerre d'Espagne ou de la Résistance — lui aussi, les commémorations officielles de ces jours-ci le font ricaner —, nous sommes, dans l'ensemble, d'accord sur tout. Depuis le début de ce voyage, c'est la première fois que j'ai une conversation aussi longue, et surtout aussi intéressante, avec un type de rencontre (la seconde et dernière sera d'ailleurs avec un autre trimardeur). Conversation malheureusement interrompue — au moment où il m'explique qu'à son avis les années à venir seront terribles, impitoyables, pour les sans-logis, et qu'en ce qui le concerne, il se tient prêt, avant que ça tourne mal, à se réfugier en Hollande... — par l'arrivée bruyante d'une espèce de pitre que le trimardeur n'apprécie pas. Le type est assez drôle, pourtant, il faut en convenir. Vêtu en petit maquereau à l'italienne, hideux à voir, il chante à tue-tête des chansons de Johnny — *Que je t'aime* — ou de Claude François — *Alexandrie* — et en même temps se tape la tête contre les murs et s'assène sans discontinuer des beignes formidables, à assommer un bœuf. Dans l'ensemble la clientèle apprécie, et même en redemande : c'est toujours amusant, au moins jusqu'à un certain point, de voir un type ivre mort s'assommer lui-même en chantant. Au-delà, je n'ai guère de souvenir de cette soirée, si ce n'est d'avoir observé un bébé russe abandonné par ses parents, dans un landau, devant la cabine téléphonique de la place des Abbesses, puis éprouvé brièvement un sentiment d'exaltation — sans plus de précision — en gravissant vers mon hôtel la raide rue Ravignan.

Dimanche 28 août

Au crépuscule, vue de l'extrémité orientale du pont de Neuilly, l'Arche de la Défense, ou plutôt le pan de ciel qu'elle encadre, offre une ressemblance presque parfaite avec un tableau de Rothko. Et, ce qui est mieux encore, avec un tableau évolutif de Rothko, dont les couleurs et les dispositions se transforment au fur et à mesure que l'on avance vers la nuit. Tout d'abord l'Arche encadre une large bande gris ardoise au-dessus d'une bande gris rose un peu plus étroite. Plus tard, la bande gris ardoise s'assombrit, vire au noir, en même temps qu'elle se divise en deux dans le sens de la longueur, donnant naissance à une nouvelle bande rose intermédiaire. Puis l'ensemble part en couille. Il fait nuit, mais l'obscurité, combattue par l'éclairage public, n'altère pas, bien au contraire, l'étonnante couleur — si peu « naturelle » — des sauges rouges dont est plantée la dalle surplombant le débouché à l'air libre de la ligne de métro Vincennes-Défense. Au milieu du pont de Neuilly, à hauteur des escaliers qui descendent vers la pointe de l'île de Puteaux, un groupe de caddies abandonnés signale la limite probable de la zone d'influence du supermarché Auchan de la Défense.

Lundi 29 août

Au printemps dernier, le Conseil Général des Hauts-de-Seine, le ministre de l'Intérieur et d'autres personnes pleines de bon sens et de commisération pour les « jeunes », avaient organisé sur l'esplanade de la Défense, à l'intention de ces derniers, des réjouissances de bon goût. Intitulée « Giga la Vie », l'opération consistait surtout, si j'ai bien compris, à flétrir la shooteuse et à encenser la capote, puisque, en dehors de ces deux accessoires, il est entendu qu'il n'y a guère de sujets dont les autorités puissent s'entretenir avec les « jeunes ». La justice immanente fit que cette opération dégénéra en une gigantesque foirade, avec mise à sac (partielle) du centre commercial Les Quatre Temps, razzia sur le McDonald's, cavalcades et bris de vitrines, échauffourées diverses, et départ précipité du ministre de l'Intérieur sous une grêle de projectiles de petit calibre. Mais de cette mascarade, il subsiste — aujourd'hui, donc, 29 août —, épars sur l'esplanade, quelques attractions sportives provisoires, supposées détourner les « jeunes » de la dévastation du centre commercial — bien qu'indéniablement cette dernière activité soit de beaucoup plus amusante — et un grand totem, aussi puéril que pétri de bonnes intentions, conçu par le styliste Jean-Charles de Castelbajac et frappé de citations de grands moralistes contemporains, parmi lesquels Charles Pasqua, Philippe Douste-Blazy (il s'agit d'un ministre) et le comique Smaïn. À la nuit tombée, il est étrange d'entendre (car on ne les voit pas) de jeunes basketteurs s'acharner dans l'obscurité sur leur balle, ponctuant cet exercice de cris sourds assez inquiétants : en fait, pour le décadent que je suis, il est difficile d'admettre que le sport — en particulier le sport qui met aux prises deux équipes — soit nécessairement un facteur d'adoucissement des mœurs et de fraternisation universelle. La réalité ne m'a pas toujours donné tort. Après avoir dîné pour trente balles au McDonald's des Quatre Temps, puis tenté sans succès — trop de monde aux caisses — de faire chez Auchan l'acquisition d'une barquette de groseilles, je ressors sur l'esplanade. Le temps que je m'acquitte des deux tâches susmentionnées — vingt minutes tout au plus — le type qui, affalé contre un muret en face du McDo, était en train quand j'ai pénétré dans cet établissement de déboucher une oblongue bouteille de rosé, a eu le temps de la siffler. Les mêmes échos de sourdes expirations et de claquants impacts proviennent toujours de la cage au basket. Conformément à la règle qui prévaut désormais dans la plupart des banlieues après dix heures du soir, le terrain est abandonné à des bandes de jeunes glandeurs, patibulaires pour certains, et à leurs adversaires privilégiés : CRS en treillis bleu, portant le .38 à la John Wayne, simples flics, vigiles en uniformes de pacotille, mais tractés par d'immenses clébards. Complètement étrangère à cet univers assez délétère de flics et de possibles

116

voyous, de vigiles et de présumés vandales, une dame aux traits tibétains, larges et épatés, portant un anorak hors de saison et de grosses chaussettes de laine passées par-dessus son pantalon, l'air épuisé, gît au milieu de l'esplanade parmi une multitude de sacs et de paquets, exactement comme si, fuyant un monastère bouddhiste investi par la police chinoise, elle reprenait son souffle après avoir traversé à pied quelques déserts et deux ou trois chaînons de l'Himalaya.

3

Dimanche 27 novembre

Dans les jours qui précédèrent le dimanche 27 novembre, les Serbes de Bosnie et de Krajina, alliés aux « dissidents » musulmans de Fikret Abdic, lancèrent une offensive combinée de grande envergure contre la poche de Bihac, dans le nord-ouest de la Bosnie. La poche de Bihac faisant partie des « zones de sécurité » instaurées par l'une des innombrables résolutions des Nations Unies relatives au conflit bosniaque et demeurées lettre morte, la communauté internationale, dans les jours qui suivirent le lancement de cette offensive, se livra donc à ses habituelles contorsions avant de décider comme à l'accoutumée qu'elle ne pouvait rien faire. Une fois de plus, il apparut ainsi qu'une poignée de zigotos sanguinaires pouvaient bafouer les résolutions de l'ONU, se moquer des forces aériennes de l'OTAN théoriquement impliquées dans la protection des fameuses « zones », enfin parachever en toute impunité leur œuvre d'équarrissage de la Bosnie. Une fois de plus, à Paris, il y eut un appel à un rassemblement de protestation, carrefour Bac, lancé par les habituels canaux téléphoniques et confidentiels, comme s'il s'agissait non pas même d'un cocktail mais d'une réunion d'échangistes. Une fois de plus, nous nous sommes donc retrouvés, à l'intersection de la rue du Bac et de la rue de Varenne, en famille : quelques dizaines de personnes, cent tout au plus, parmi lesquelles la plupart de mes proches amis, et d'autres gens que je ne connais pas mais dont les visages me sont devenus familiers, à la longue, de réunions confuses en manifestations avortées. L'idée — comique — était de remettre une pétition (dont le texte venait d'être approuvé par acclamations) à l'hôtel Matignon. La rue de Varenne était donc barrée par un cordon de flics triés sur le volet pour ce genre de tâches, c'est-à-dire uniformément obèses, la plupart moustachus, et l'œil aussi vif, aussi avenant, que si chacune de leurs interventions sur la voie publique, et celle-ci en particulier, les tirait à contrecœur de quelque interminable gueuleton. En retrait de ce cordon, un flic solitaire filmait placidement, longuement, ce chétif rassemblement de pétitionnaires. Nostalgique, et comme l'ennui distillé par les manifestations laisse tout le temps de gamberger, je me remémorai l'époque lointaine où, au lieu de demander bien poliment aux policiers de laisser passer une délégation de trois d'entre nous, il nous arrivait de leur rentrer dans le lard, et l'inverse beaucoup plus souvent.

Quatre heures ont passé. Chez Y. et S., rue Notre-Dame-des-Champs, j'ai bu quelques verres de vodka, et, par un phénomène que je comparerais volontiers à l'affleurement des nappes phréatiques, toute mon ivresse de la veille m'est revenue, intacte, aggravée même par la fatigue. Vers dix heures du soir, ou peut-être plus tard, S. m'a conduit en voiture — nouvelle entorse aux règles que je m'étais fixées — rue de la Fidélité, où nous avons bu un dernier verre, ou peut-être plusieurs, au Pot de la Fidélité, qui était en train de fermer, chaises retournées sur les tables, lorsque nous y sommes entrés. Puis je me suis présenté la mort dans l'âme à la réception de l'hôtel de Londres et du Brésil, où, dans une chambre qui sentait les pieds, baignée d'une lumière orangée, et toute vibrante de la rumeur sourde des automobiles déferlant sur les boulevards de Strasbourg et de Magenta, je me suis endormi presque aussitôt, tout habillé, sur le lit non défait.

Lundi 28 novembre

À midi, mal réveillé, j'ai quitté l'hôtel de Londres et du Brésil pour transporter mes pénates deux cents mètres plus loin, à l'hôtel Paradis, au numéro 9 de la rue du même nom (idéale intersection — en fait, ils ne se rejoignent pas tout à fait — du passage du Désir, de la rue de la Fidélité et de la rue de Paradis). À cinq heures et demie du soir la nuit tombe. Par la fenêtre de ma chambre, je vois de l'autre côté de la rue de Paradis l'enseigne orange d'une petite agence d'intérim bien sombre, bien caverneuse, remplie d'Africains à la recherche d'un emploi.

Rue de Trévise, au premier étage de l'hôtel Pax, un groupe d'Italiennes accoudées à la fenêtre ouverte de leur chambre font du bruit pour se faire remarquer. Au bout de quelques minutes, elles finissent par attirer l'attention d'un type de leur âge qui évolue rue de Trévise sur des patins à roulettes. Échange de gloussottements et de lazzi. Il en ressort que le patineur est sur le point de se rendre à Lugano (à moins que ce ne soit les filles qui en viennent). Au coin du boulevard de Magenta et de la cour de la Ferme-Saint-Lazare — un endroit exceptionnellement urineux, même dans ce quartier où l'on pisse assez libéralement contre les murs —, je relève cette inscription en capitales d'imprimerie rouges soigneusement dessinées au pochoir : « En avant sur la voie tracée par Mao Tse Toung ». Difficile de déterminer s'il s'agit d'une plaisanterie d'inspiration dadaïste, ou si le slogan émane d'un des groupuscules staliniens, généralement turcs ou kurdes, qui se livrent dans ce secteur à une abondante propagande par voie d'affiches. En revenant vers l'hôtel, après m'être alimenté au McDonald's du boulevard de Magenta, je trouve la rue de Paradis interdite à la circulation. Deux ambulances de pompiers s'y échangent une très vieille dame dans un fauteuil à roulettes, tandis qu'une nacelle promène dans les airs deux types qui tendent en travers de la rue des guirlandes d'ampoules.

Mardi 29 novembre

À l'heure où je quitte l'hôtel Paradis — vers
9 heures du matin —, l'agence d'intérim est de nouveau pleine d'Africains à la recherche d'un emploi
précaire. En haut de la rue du Faubourg-Saint-
Denis, en face du square, les deux cabines téléphoniques sont rendues inaccessibles par de formidables
projections, en fait un véritable glacis, de vomissures,
comme il me semble que seul peut en régurgiter
l'estomac d'un éléphant (mais un éléphant carnivore
et viticole). Non loin de là, un jeune type, bangladais
ou srilankais, gît profondément endormi, sans veste,
sur une grille d'aération du métro. Mais il paraît
impossible de l'incriminer, tant le contraste est grand
entre ses dimensions et celles du glacis. La gare du
Nord est sous le coup d'une alerte à la bombe qui
mobilise des flics en grand nombre, et contraint les
usagers du RER à de longs et compliqués détours
pour atteindre les voies 41 à 44, dont l'accès n'est
déjà pas évident en temps ordinaire. En consultant
longuement, pour la première fois, la carte du réseau
RER et SNCF de banlieue, je constate que les
fameuses « zones » de la carte orange, échelonnées
de 1 à 6 (voire de 1 à 8), bien loin de décrire autour

de Paris, harmonieusement, des cercles concentriques, forment en réalité des figures irrégulières, mal foutues, dont la dissymétrie vient en particulier de ce que la banlieue nord a été inexplicablement amputée des trois derniers échelons de cette hiérarchie. À Sarcelles-Garges le temps est cotonneux, blanchâtre, humide et froid, très propice aux avions si l'on en juge par l'exceptionnel encombrement de l'espace aérien. Autour de la gare du RER, des supporters des Tigres tamouls ont collé d'encourageantes affiches représentant des cadavres couchés dans leurs cercueils, au-dessus desquels flottent de petites flammes.

Ma chambre à l'hôtel Arcade donne sur la place de France, laquelle est contiguë à la place de Navarre. Bien entendu, ni l'une ni l'autre ne ressemblent à une « place », même si peu que ce soit. Au milieu de l'une d'elles, une large échancrure révèle en sous-sol un parking, un mât de signalisation, hérissé de panneaux jaunes, indique, assez vaguement pour ne servir à rien, la direction approximative de diverses commodités : « coiffure Jean-Louis David, pharmacie, optique, police municipale, toilettes, poste de sécurité, Bis intérim, banque Sofinco » (quant à la grande enseigne désignant le « Cinéma - 5 salles », c'est un leurre : les cinq salles sont fermées depuis longtemps). Tout autour sont alignées des barres de trois étages dominées par les quatre gros blocs des Flanades. Dans la journée, tout cela baigne dans la musique du centre commercial. Mais sitôt que l'activité commerciale s'interrompt, dans la soirée, et que décline la rumeur du monde extérieur, les moindres bruits — claquements de talons hauts, aboiements, prises de bec, gueulements de moutards, nasillements de talkies-walkies (vigiles) — s'y détachent et s'y répercutent avec une remarquable netteté. À partir de 16 h 30 et jusqu'à 22 h, la place est éclairée par des lampadaires à huit boules.

À la nuit tombée, je prends à l'arrêt Albert-Camus le bus 368 en direction de la gare du RER. À l'intérieur du bus, on est accueilli, ou plutôt cueilli, par des jeunes, Noirs ou Beurs, tous extrêmement vigoureux, et dont on remarque bientôt que contre toute attente ils portent des badges de la RATP. Ce sont les « modérateurs » — on dit aussi les « grands frères » — que la Régie emploie depuis quelque temps, sur certaines lignes réputées chaudes, pour prévenir les conflits entre les « jeunes » et le personnel ou les autres usagers. Les modérateurs du 368 contrôlent les tickets, et, le reste du temps, ils échangent des vannes entre eux ou avec le chauffeur, Rémy, qui ressemble un peu à Jean Yanne. Il ne m'appartient pas de juger de tout, mais enfin, pour une fois, cette initiative ératépique me paraît assez heureuse, pour peu qu'il ne s'agisse pas d'une simple manœuvre publicitaire, appelée à ne durer que le temps d'un ou deux reportages télévisés. Comme dans tous les jeux consistant à inverser les rôles, tout le monde a l'air enchanté : les « jeunes » de contrôler, et les autres usagers de se prêter à ce contrôle exercé par de si peu conformes contrôleurs. Au retour de la gare, dans un autre 368, il n'y a plus de modérateurs, mais un chauffeur qui fait de l'esprit. Bougon au départ — « C'est toujours la même chose ! Ils se précipitent tous quand on démarre ! » — il se découvre dès l'arrêt suivant une vocation d'amuseur, et, devant un afflux soudain de voyageurs, il invite par haut-parleur les femmes « à occuper les places assises et à prendre les hommes sur leurs genoux ». À part un type qui,

Dieu sait pourquoi, se fâche et proteste de sa « dignité de travailleur », les passagers apprécient bruyamment l'humour du chauffeur. À l'arrêt situé à hauteur des Flanades, le bus se vide de 80 % de ses occupants, et le chauffeur, de nouveau inspiré, saisit son micro pour les « remercier de leur gentillesse et leur souhaiter une bonne soirée ».

Dans tout le quartier des Flanades — quelque chose, pourtant, comme le centre de Sarcelles — il ne semble pas qu'il y ait plus de trois restaurants ouverts le soir : la réception de l'hôtel m'en signale deux, la pizzeria Casa Nostra et le restaurant chinois Bienvenue, et au terme de longues investigations, je parviens à en dénicher un troisième, Le Cotel, qui des trois est le seul à être placé « sous le contrôle du Beth Din ». Les rideaux qui masquent les fenêtres du Cotel empêchent de voir s'il y a du monde à l'intérieur. Le Bienvenue, lui, offre le spectacle assez banal d'une vaste salle vide, où des dizaines de tables soigneusement dressées, sous les habituelles lanternes roses à pendentifs dorés, attendent des clients qui ne viendront pas. À la pizzeria, nous sommes trois. J'allais oublier le Q-Quick (mais s'agit-il d'un restaurant ?), où deux tables sont occupées, l'une par une fille seule et l'autre par quatre types. À 9 h 30, le Q-Quick en question constitue le seul foyer d'animation, si l'on peut dire, sur la majestueuse avenue du 8-Mai, bordée des deux côtés par des alignements de cliniques dentaires et vétérinaires, de salons de coiffure, de succursales de banques ou de compagnies d'assurances, de centres de body-building et de magasins d'électroménager. En travers de la galerie couverte qui borde le côté gauche de l'avenue (le côté gauche si l'on se place de mon point de vue), l'un de ces magasins a installé un panneau d'affichage à cristaux liquides sur lequel défile, en caractères rouges, l'inscription suivante : « Joyeux Noël, 21 h 37, Bonne Année, Jetez un coup d'œil sur les nouvelles technologies qui sont arrivées, vous ne serez pas déçu » (« déçu » ne prenant pas de « s », cette annonce doit s'adresser au client type, et non à la totalité des clients possibles). Au coin de l'avenue du 8-Mai et du boulevard Henri-Bergson, des CRS ont établi un barrage filtrant en travers de la seconde, à hauteur d'une permanence du RPR. Derrière la vitrine de cette dernière, on aperçoit, par une porte entrouverte, des militants rassemblés autour d'une table sous un portrait du général de Gaulle. Puis les CRS lèvent le barrage et remontent dans leurs cars, à l'exception de trois d'entre eux qui s'engagent pour une ultime patrouille dans le passage semi-couvert menant de l'avenue du 8-Mai à la place de France, passage au milieu duquel — dans sa partie couverte — un grand vigile noir s'est assoupi, la tête et les bras reposant sur le dossier d'une chaise. À dix heures du soir, comme je l'ai déjà signalé, les lampadaires à huit boules s'éteignent, et l'éclairage de la place de France n'est plus assuré que par un chétif feston, sous la galerie couverte, de lampadaires mono-boules.

Peu après dix heures, alors que je suis de retour à l'hôtel, l'activité aérienne connaît une soudaine recrudescence, d'autant plus spectaculaire que les avions survolent désormais la place de France tous phares d'atterrissage allumés. Toutefois, même très nombreux, les avions font moins de bruit que mes voisins immédiats, dont on dirait qu'ils disputent entre les quatre murs de leur chambre un championnat de boxe thaï. À une heure du matin, après avoir éprouvé deux heures durant toute une palette de sentiments allant de la terreur la plus abjecte à la haine la plus pure, je descends à la réception et demande une autre chambre. Le gardien de nuit me propose d'appeler mes voisins pour leur dire de se calmer, mais je lui enjoins de n'en rien faire : nos deux chambres, la mienne et la leur, sont isolées au fin bout d'un interminable couloir, et, tant qu'à être privé de sommeil, je préfère encore que ce soit sans me faire au préalable casser la gueule. Ma nouvelle chambre, outre qu'elle est minuscule, est remplie d'un ronflement régulier, exténuant, de moteur électrique, dont je m'efforce avec frénésie de localiser la source jusqu'à ce que je comprenne qu'il s'agit de la chaufferie du centre commercial. Il n'y a donc rien à faire. Une fois le jour levé, j'observe que cette chambre donne sur le toit du centre, un espace aussi vaste qu'inaccessible, couvert de gravier, rehaussé de deux pyramidons de plexiglas jaune, et disposé de telle sorte qu'il ne puisse servir à rien d'autre qu'à recevoir les déchets de tout calibre provenant soit de la dégradation des immeubles qui le surplombent, soit du laisser-aller de leurs habitants.

Mercredi 30 novembre

Je quitte Sarcelles par le bus 168 à destination de Saint-Denis-Porte-de-Paris. Il fait gris et froid. Sur cet itinéraire, que j'avais repéré la veille, je constate avec regret, finalement, la disparition des affiches qui hier vantaient une nouvelle marque de yaourt. Sur la première, une créature sans visage, mais fort bien équipée pour le reste, se masse les seins, et sur la seconde, de manière encore beaucoup plus explicite, le haut des cuisses, comme surprise dans son innocence — il faut dire qu'il y a de quoi — par un séisme sensuel d'origine purement yaourtière, et opposant à cette imprévisible et délicieuse effraction une résistance dont tout porte à croire, ne serait-ce que la position de ses mains sur la seconde affiche, qu'elle sera de courte durée. Ces affiches, exaspérantes, ont été remplacées par d'autres plus moches, et contre lesquelles il n'y a même pas lieu de s'énerver.

À Saint-Denis, au coin de la rue Gabriel-Péri et de la place de la Porte-de-Paris, je prends une chambre à l'hôtel Le Vétuste, remarquable par sa position désastreuse, juste en face de la gare des bus et à deux pas de l'échangeur déployé au-dessus du canal. J'ai été séduit aussi, je dois le dire, par la morosité de la réceptionniste et par la présence, dans l'entrée, d'un aquarium contenant deux poissons rouges et un scaphandrier bleu.

Ayant franchi le canal à hauteur de l'écluse, je remonte le long du quai en direction de l'échangeur, j'atteins le bâtiment de la DDE (Direction Départemente de l'Équipement) et, juste derrière, je repère au milieu d'une clôture grillagée, garnie de panneaux « chantier interdit au public », un trou assez spacieux pour permettre d'enfreindre confortablement cette interdiction. Au-delà de la clôture — au-delà du trou — s'étend une jungle suburbaine bien touffue, pleine d'oiseaux, pénétrable sans trop de difficulté, et au fond de laquelle une nouvelle clôture, en bois cette fois, également pourvue de trous, donne accès au périmètre du futur Grand Stade. Sitôt franchie cette seconde clôture, le paysage change du tout au tout : au sortir de la jungle, on se trouve face à une étendue immense et vide — non seulement vide d'hommes mais presque vide d'objets — sur laquelle règne en permanence une rumeur automobile, et plus irrégulièrement ferroviaire, émanant des autoroutes A 1 et A 86 et de la ligne B du RER, et dont le sol nu, boueux, raviné et damé par les chenilles des engins, troué d'excavations et marqué de loin en loin par un amas de buissons ou une ligne d'arbres ayant inexplicablement survécu au passage des bulldozers, évoque un champ de bataille, surtout lorsqu'il est baigné, comme aujourd'hui, d'une lumière pâle et laiteuse, une vraie lumière d'Austerlitz (il n'y manque que les cadavres, mais pas les corbeaux et les pies). Au milieu du champ de bataille, une brillante palissade d'aluminium, rehaussée sur son plus grand côté par une rangée d'arbres, délimite un espace approximativement rectangulaire correspondant à l'emplacement d'anciens gazomètres. La plus grande partie de cet espace est occupée par une fosse, d'une dizaine de mètres de profondeur, d'où émergent, comme sur le chantier de fouilles de ce qui, à première vue, pourrait être une centrale nucléaire gallo-romaine, des fûts de colonnes tronqués et sept énormes socles de béton — cinq de section circulaire, deux de section octogonale —, couronnés pour trois d'entre eux par un enchevêtrement de poutrelles métalliques tordues et rouillées entremêlées de blocs de béton. Pour quitter le périmètre du Grand Stade sans emprunter le même chemin qu'à l'aller — règle de base dans l'accomplissement d'une infraction, si infime soit-elle —, j'avise un nouveau trou, ce n'est décidément pas ce qui manque, à peu près circulaire, et ménagé dans le mur qui sépare le terrain de la route longeant la berge du canal. Toujours le long de la berge, un peu plus loin, une ouverture — si régulière qu'à son sujet il ne convient plus de parler de trou — donne accès à un terrain vague couvert d'une végétation abondante dans laquelle sont nichées une tente et deux cabanes. Devant l'une des deux cabanes, un type, que je vois de dos, est en train de fendre du bois, et à côté de lui, un grand chien noir, que je vois de face, me regarde. Craignant que le chien ne m'attaque sans consulter son maître, je hèle ce dernier, il se retourne, et après que nous avons échangé deux ou trois banalités témoignant de notre bonne volonté réciproque, il m'invite à le rejoindre et à m'asseoir sur une chaise, un peu humide, posée là devant une table de camping. Le type n'est ni surpris ni intimidé par mon intrusion, à la fois parce qu'il est d'un naturel sociable et parce que, comme il m'en affranchit aussitôt, quantité de journalistes et même de télévisions ont fréquenté sa cabane depuis que la construction du Grand Stade est à l'ordre du jour. Il s'appelle Stéphane, il a fêté ses trente et un ans le 2 novembre, et cela fait cinq ans qu'il vit dans sa cabane sur le terrain du futur Grand Stade. Quant au chien noir, c'est une chienne, et elle appartient à un couple de squatters relogés par l'assistante sociale dans un foyer où les chiens ne sont pas admis. Lui-même, refusant d'être logé sous un toit, a demandé à la même assistante sociale si elle ne pouvait pas lui trouver une caravane. « Je suis en meilleure santé, ajoute Stéphane, depuis que je vis ici. J'ai toujours vécu dehors et, quand on y a pris goût, après c'est dur à s'en séparer. » Tous les soirs, avec la chienne, il fait au pas de gymnastique le tour complet de l'emprise du Grand Stade — le quai, l'avenue de Pressensé, l'avenue du Président-Wilson sous les pilotis de l'autoroute A 1 — ce qui représente une pincée de kilomètres. Jusqu'à une époque récente, treize personnes vivaient éparses dans ce petit enclos, où elles composaient une société multiraciale, polyglotte, et, d'après Stéphane, harmonieuse. Ses plus proches voisins étaient un Africain, un Portugais, et un Tchèque qu'il a hébergé dans sa propre cabane jusqu'à ce qu'il se fasse expulser par la police, il y a quelques mois. « Il picolait trop, commente Stéphane. À la fin, il carburait à l'alcool à brûler et il ne bouffait plus rien, il n'avait plus que la peau sur les os, il s'est foutu la carafe en l'air. » Aujourd'hui, il ne reste plus que quatre squatters : outre Stéphane, un père maghrébin et sa fille, logés dans la cabane la plus spacieuse, et, sous une tente procurée par l'assistante sociale,

Noël, dit Nono, la cinquantaine, érémiste, qui attend d'avoir la retraite et un studio car il se refuse à finir dans un foyer. « Nono, c'est mon pote, c'est le premier que j'ai connu sur le terrain, je peux lui demander n'importe quoi. » Stéphane insiste beaucoup sur le fait que le mode de vie qu'il a choisi exclut tout laisser-aller : « Depuis que je vis ici, j'ai toujours dormi dans des draps blancs. Mais le matin, quand on se réveille, il s'agit pas de se dire, hum, je vais redormir un coup. » Il faut ramasser du bois, aller au robinet de l'écluse chercher de l'eau, veiller à recharger la batterie d'automobile pour l'éclairage. S'excusant de l'aspect un peu négligé, désormais, de l'environnement immédiat de sa cabane, Stéphane souligne qu'« avant c'était toujours bien entretenu, j'avais même des toilettes à l'extérieur, impeccables, avec un enrouleur pour le PQ ». « L'été, la cabane disparaissait entièrement sous les feuilles. Personne me voyait ! » Bâtie dans un repli de terrain, elle est encore bien protégée de la curiosité par les arbres, dont un cerisier qui, en saison, « donne de cent à cent cinquante kilos de fruits ». « Les trois quarts, c'est pour les piafs et les mômes, mais il en reste tout de même quelques kilos pour moi. » « Avant, ici, c'était le paradis ! Il y avait de la végétation partout, et des oiseaux, et des lapins, même des renards ! Un matin, j'en ai vu quatre ! » Aujourd'hui, les travaux de déboisement, de terrassement, ont fait fuir au loin lapins et renards. « Par contre, ce qu'il y a encore, ici, c'est des gaspards ! Avant, on était tranquilles, parce qu'il y avait des chats en pagaille. Mais alors là, la nuit, ça passe dans mon double toit (Stéphane imite le bruit de la cavalcade des rats dans le double toit), ils vont même jusqu'à bouffer dans la gamelle

136

du chien. Attention ! C'est très intelligent, un rat, ça ouvre une boîte de conserve s'il sent qu'il y a quelque chose à bouffer dedans. Quand j'ai mis de la laine de verre dans la cloison, ils me la piquaient au fur et à mesure pour faire leurs nids : c'est pas con, ces animaux-là ! » Stéphane regrette que l'on n'ait pas créé sur ce terrain un grand parc, presque sans rien changer : « Ici, à Saint-Denis, c'est déjà le bordel avec les jeunes, alors avec le Grand Stade, les jours de match... » « Enfin les jeunes, corrige Stéphane, ceux qui viennent ici, dans l'ensemble, c'est pas des fouteurs de merde, ils viennent faire un barbecue, fumer leur teuche... Quand ils ont vidé le canal, on allait même ensemble aux écrevisses. Et ceux qui sont venus, deux ou trois fois, pour nous emmerder, ils ont vu qu'on se laissait pas faire : un coup de serpette et puis ça y est, c'est bon... » À l'intérieur de la cabane, on remarque un poêle Godin, une petite loupiote alimentée par la batterie d'automobile déjà citée, et une gazinière sur laquelle mijote une marmite de poulet en sauce. Sur un meuble trône le portrait de deux mômes : car Stéphane a une femme et deux enfants auxquels il va rendre visite chaque week-end, non loin d'ici, dans une HLM de l'île Saint-Denis. « Mais là-bas, ça devient de pire en pire, c'est pourri par la drogue et tout. Ma femme déjà elle sort plus le soir, elle a peur de se faire mettre un coup sur la casquette. » À propos du crucifix, de grande taille, qui surplombe le portrait des enfants, Stéphane précise qu'il est « croyant, mais pas pratiquant ». « Enfin de temps en temps je vais à l'église, je vais prier, pleurer, me libérer un peu. Mais si j'ai mis le Christ, c'est depuis que j'ai vu la mort. Depuis, je mets aussi tous les soirs une bougie allumée devant la photo de mes enfants. Moi, ajoute-t-il en parlant du Christ, il m'a fait revenir sur terre. » Pendant des années, enchaîne Stéphane, « je n'ai vécu que de ça, que de la biffe », c'est-à-dire de la récupération des métaux dans des usines désaffectées. Un jour, « ça faisait quarante-huit heures que je démontais des plaques de cuivre, des câbles, dans une vieille usine, au pont de la Révolte — j'en tirais bien pour 350 à 400 F par jour — quand tout d'un coup, je sais pas ce qui s'est passé, ils avaient dû remettre le courant, j'ai pris une de ces patates dans la tronche, 2 000 V, j'ai vu la mort. J'ai bien été au moins deux minutes là-haut. » Revenu sur terre, Stéphane constate qu'il a le bras droit brûlé jusqu'à l'os, « toute la peau qui s'en allait de partout et la gueule qui avait doublé de volume ». Il se traîne jusqu'à la route, avise un camion en stationnement et demande au chauffeur de le conduire à l'hôpital : « Il m'a dit qu'il n'avait pas le temps, ce salaud-là, je suis pas prêt de l'oublier ! » Alors il se traîne, de nouveau, « jusqu'au petit café d'à côté, chez les Arabes, et de là ils ont appelé les pompiers ». « À l'hôpital, le docteur, il en revenait pas, il croyait que je m'en sortirais jamais, et j'ai mis que dix-huit jours pour me remettre. Après, j'avais comme une peau de bébé ! » (« Ainsi s'accomplit ce qui avait été dit par le prophète Ésaïe : c'est lui qui a pris nos infirmités et s'est chargé de nos maladies. » Mt 8.17.)

Jeudi 1ᵉʳ décembre

Il était convenu que je repasse voir Stéphane aujourd'hui dans la matinée. Mais lorsque, ayant franchi de nouveau le canal, sous l'échangeur, et suivi le long mur jusqu'à l'ouverture pratiquée par les squatters, je pénètre sur le terrain vague, la cabane est déserte, la porte est fermée par un cadenas, quatre chemises propres sèchent au vent, sur un fil, et une vieille panade flétrit dans une gamelle devant la niche du chien. La tente de Nono semble également inoccupée. Seule fume la cabane du Maghrébin.

Après avoir suivi le chemin de halage jusqu'à la gare de Saint-Denis, je prends sur la gauche, et, sans presque jamais changer de cap désormais, je traverse la Seine, l'île Saint-Denis, la Seine de nouveau, Villeneuve-la-Garenne dans le sens de la largeur, pour me retrouver aux confins de cette dernière ville et de Gennevilliers dans une sorte de no man's land industriel et autoroutier. Là, sur la droite de ce qui doit s'appeler l'avenue du Pont-de-Saint-Denis (sous toutes réserves), se trouve l'entrée d'un des parcs les plus sévères — ce qui ne veut pas dire l'un des plus laids — de la région parisienne. Ici, l'une des vocations du parc, qui est comme chacun sait d'entretenir

139

l'homme de sa solitude et de son néant, est claire-
ment affirmée, au détriment de toutes les autres plus
futiles. Dans sa partie centrale, le parc départemental
des Chanteraines enjambe l'autoroute A 86, motif
qui, à ma connaissance, ne se retrouve dans aucun
autre parc (sans doute la A 13 passe-t-elle sous le parc
de Saint-Cloud, mais on ne saurait dire de ce dernier
qu'il l'« enjambe »). Il comporte également un belvédère, extrêmement boueux et glissant le jour de
ma visite, du sommet duquel on découvre des barres
et des tours, tant à Gennevilliers qu'à Villeneuve-la-
Garenne et en d'autres lieux, des autoroutes, les voies
du RER, des friches industrielles et des usines en
activité, des lignes à haute tension, enfin, dans le lointain, la silhouette familière du Sacré-Cœur. Au pied
du belvédère s'étend un lac qui, bien qu'artificiel,
accueille une importante population de mouettes, de
canards, de foulques, de grèbes, de poules d'eau et
même de hérons (la nuit, lorsque venant de Gennevilliers on emprunte en bus l'avenue du Pont-de-
Saint-Denis, c'est un étrange spectacle, dans le pin-
ceau des phares, que celui des mouettes et des hérons
s'élevant en grand nombre au-dessus de ce que rien,
dans l'obscurité, ne permet d'identifier comme un
parc). Le temps de faire le tour de ce lac, soit une
bonne demi-heure, je n'apercevrai qu'un seul de mes
semblables, encore se déplace-t-il, en cercle lui aussi,
sur une orbite plus large que la mienne : ainsi, même
si nous devions décrire éternellement le même par-
cours nous ne courrions aucun risque de nous ren-
contrer.

Lors de ma première nuit à l'hôtel Le Vétuste, j'ai
souffert, beaucoup plus que du vacarme de l'échangeur, du bruit plus ténu mais infiniment plus irritant

— si proche et si régulier que j'avais l'impression qu'il émanait de mes propres artères, ou du moins de ma propre machinerie — d'un réveil insidieusement incrusté dans le bois même du lit. Par ailleurs ce réveil ne donne pas l'heure, et aucun dispositif de réglage ne permet de remédier à cet inconvénient. Lorsque je fais part de cette circonstance à la dame de la réception et au veilleur de nuit, tous les deux semblent profondément réjouis, un peu comme s'ils avaient fait mon lit en portefeuille et que je venais de m'en apercevoir. La dame admet que beaucoup de clients se sont déjà plaints de ces réveils — sans doute tous les lits de l'hôtel en sont-ils équipés — mais ajoute que rien ne permet de les arrêter : « Des fois, y'en a qui mettent des serviettes dessus. — Mais surtout, conclut le veilleur de nuit avec un grand sourire, ne le cassez pas ! » (C'est bien entendu la première chose que j'ai essayé de faire, et c'est uniquement pour avoir échoué dans cette entreprise qu'ensuite je me suis adressé à la réception. Je ne vois pas pourquoi l'on devrait épargner un réveil dès lors qu'il se contente de vous empêcher de dormir.)

DIGRESSION

Au journal de FR 3, Alain Juppé déclare : « Ce qui s'est passé à Bihac prouve que les frappes aériennes ne sont pas efficaces. » Or « ce qui s'est passé à Bihac » ne peut certainement rien prouver de tel, pour l'excellente raison que les forces serbes qui assiègent la ville n'ont à aucun moment fait l'objet de frappes aériennes... Il semble décidément que l'impudence soit en France la première qualité

141

requise pour devenir ministre des Affaires étrangères. Sans remonter à Claude Cheysson, on se souvient sans doute de Roland Dumas expliquant à la télévision, pour contenir l'indignation — brève et sans conséquence — suscitée par la révélation de l'existence de camps de concentration dans la région de Banja-Luka, qu'il venait d'enjoindre à Bernard Kouchner d'étudier la possibilité de faire libérer ces camps par les forces françaises opérant en Bosnie dans le cadre de la Forpronu. Or une telle opération, qui eût impliqué un engagement militaire de bien plus grande envergure que tout ce qu'ont jamais réclamé les partisans les plus acharnés de la Bosnie — pour « libérer » ces camps, il s'agissait en effet ni plus ni moins que d'anéantir les forces serbes —, ne relevait évidemment, en aucune façon, des compétences de Kouchner, si grands soient les mérites de ce dernier. Bien entendu, une telle opération n'a en réalité jamais été envisagée. Mais le pire, sauf erreur de ma part, c'est que cette proposition non seulement cynique mais parfaitement stupide, et témoignant de l'insondable mépris dans lequel Roland Dumas tenait ses concitoyens, n'a fait l'objet d'aucun commentaire des journalistes présents sur le plateau ni, le lendemain, de ceux de la presse écrite. (Et ce n'est pas fini, car après le journal de FR 3 il faut encore subir celui de TF 1, et entendre Poivre d'Arvor trébucher sur le mot « situationnisme » en annonçant en clôture de sa prestation — après les chiens écrasés, les résultats sportifs, les retours de vacances (s'il y en a), les mascarades du Tout-Paris contre le Sida ou l'« exclusion » — le suicide par balle de Guy Debord.)

Vendredi 2 décembre

(Anniversaire de la bataille d'Austerlitz
et du coup d'État
de Louis Napoléon Bonaparte)

La nuit dernière, après une expédition téléphonique infructueuse, toutes les cabines de la place de la Porte-de-Paris étant occupées par des types plus forts que moi et bien décidés à s'y maintenir par tous les moyens (c'est dans ce genre de situation que l'on voit combien nos opinions, nos convictions sont fragiles, prêtes à trébucher sur la moindre contrariété), de retour au Vétuste j'ai assisté à cette scène étrange. Il est peut-être 11 h 30 quand se présente à la réception, sortant d'une automobile qui a aussitôt redémarré, une femme d'une quarantaine d'années accompagnée d'un enfant de moins de dix ans. L'un et l'autre portent des sacs à dos. La femme parlemente avec le veilleur de nuit qui, sèchement, lui répète à plusieurs reprises que l'hôtel est complet. Or je suis persuadé — la femme aussi — qu'il n'en est rien. Pourquoi diable, un jeudi soir, l'hôtel Le Vétuste, à Saint-Denis, place de la Porte-de-Paris, serait-il complet ? J'ai déjà observé que beaucoup d'hôtels, à Paris et en banlieue, affichaient « complet », même lorsqu'ils étaient aux trois quarts vides, pour pouvoir éconduire des clients qui ne leur plaisaient pas. Parfois, cela peut se comprendre. Mais là, qu'est-ce que le veilleur de nuit leur reproche, à cette femme et à son enfant ? Que lui ont-ils fait ? Qu'est-ce qu'ils vont devenir ? Est-ce qu'ils vont errer dans la nuit ? Et pourquoi le type qui les a déposés en voiture est-il reparti aussitôt, sans attendre de savoir s'ils avaient trouvé une chambre ? À force de me poser à leur sujet des questions appelées à demeurer sans réponse, il m'en vient même une que j'aurais préféré éluder : pourquoi n'ai-je pas proposé de leur céder ma chambre ? Toujours est-il que je ne l'ai pas fait.

Au café-tabac-PMU de la rue Gabriel-Péri, vers dix heures du matin, la clientèle, assez âgée dans l'ensemble, s'entretient de football pourri, de Bernard Tapie, d'hippisme, du Grand Stade, de la vignette ou du temps. À côté de moi se trouvent accoudés au comptoir deux types qui peuvent avoir entre soixante et soixante-dix ans, l'un noir et l'autre blanc, pour le reste parfaitement semblables. Le second raconte au premier comment il s'est fait attaquer, voilà quelques semaines, par une bande de jeunes sortant d'un match de football. Par la suite, raconte-t-il, après un bref séjour à l'hôpital, les flics l'ont confronté à toute une brochette de délinquants parmi lesquels il s'est efforcé de ne reconnaître aucun de ses agresseurs : « Ça n'aurait pu que m'attirer de nouveaux ennuis ! » L'un et l'autre éprouvent les plus vives inquiétudes à propos de l'ouverture du Grand Stade. Puis, ayant épuisé le sujet du football et de la délinquance, ils en viennent à celui du fric et de la corruption. « Tant qu'on travaille, dit le second, qu'on doit gagner notre vie, on se respecte. Mais si toi, demain, tu gagnes à la Loterie, tu me connais plus, je deviens un clochard, pour toi ! » Le premier acquiesce.

144

Dans la salle sont assis deux jeunes gens dont tout indique qu'ils viennent de faire connaissance, et probablement au travail, ou en recherchant du travail : bref, dans un contexte professionnel. Il est également manifeste qu'ils se plaisent et qu'ils sont tout juste en train de s'en apercevoir, s'efforçant chacun de son côté de n'en rien laisser paraître (car je suis sans doute le seul des trois à savoir qu'ils se plaisent *mutuellement*). En face d'eux, sur un écran de télévision qui affichait auparavant des résultats sportifs, des pronostics, etc., défile maintenant l'horoscope du jour. Le type regarde son horoscope — rien de particulier — puis demande à la fille ce qu'il en est du sien. « Je ne sais pas, répond vivement la fille, mal à l'aise : au moment où je regardais, ça s'est effacé. » Or ni l'un ni l'autre n'ont quitté l'écran des yeux depuis que l'horoscope a commencé à défiler. Au passage, j'ai noté celui du Verseau — « une rencontre amoureuse ne serait pas pour vous déplaire » —, je suis persuadé que c'est celui de la fille, et j'y vois une confirmation de mon hypothèse. Car si le type ne lui plaisait pas, si elle-même n'avait pas envie de lui plaire, elle aurait pu mentionner, en riant, cette particularité de son horoscope. Mais si mon hypothèse est exacte, elle ne peut le faire sans risquer de créer une gêne, un embarras, susceptibles de tout foutre en l'air.

En face de la gare de Saint-Denis (ligne D du RER), laquelle jouxte la dernière écluse du canal avant sa jonction avec la Seine, la rue du Port passe sous les voies du chemin de fer. À côté de ce pont ferroviaire, un tunnel de section ovale permet aux piétons de franchir séparément le même obstacle. Au sortir du tunnel, sur la gauche, une palissade, au-dessus de laquelle pointent des grappes fanées de buddleia, dissimule un grand terrain vague. Passé la rue Charles-Michels, c'est sur la droite, en contrebas de la chaussée, que s'étend un terrain vague de dimensions plus modestes que le précédent, aux palissades couvertes d'affiches pour deux messageries roses — « Puce » et « Fifi » —, tandis que sur la gauche se dresse le sombre et haut massif formé par deux hôtels, le Dionysia et le Bellevue, dont la clientèle est principalement composée de familles africaines, et dont chaque fenêtre est ornée d'un sèche-linge télescopique sur lequel s'égouttent d'abondantes lessives. Puis on franchit la Seine, on entre dans l'île Saint-Denis dont la première maison, sur la droite, en face de la mairie, est partiellement murée, et surmontée d'un panneau où le dessin d'un immeuble chic voisine avec ce texte surprenant de modestie : « Ici devrait être reconstruit cet immeuble de logements et de commerces » (on sent que le promoteur lui-même n'y croit plus). Juste avant le pont reliant l'île Saint-Denis à Villeneuve-la-Garenne, au coin de la rue Méchin et du quai du Moulin, sur la gauche, se trouve l'hôtel Chez Michel. On m'y propose la chambre numéro 11, après m'avoir demandé si ça ne me gênait pas d'y conserver la télé portative et le radio-réveil de l'ouvrier en déplacement qui l'occupe en semaine. Non, ça ne me gêne pas.

À BORD DU BUS 256

À l'arrêt Église-de-La-Plaine montent quatre jeunes malabars, deux Blacks et deux Beurs, casquette inversée, l'air teigneux, mais dont j'observe avec reconnaissance que celui des quatre qui vient s'asseoir en face de moi, et, ce faisant, me bouscule — à peine — s'en excuse aussitôt. À hauteur de La Plaine-Voyageurs, alors que le 256 déborde un square miteux, un des deux Blacks adresse cinq bras d'honneur successifs, en rafale, à l'un de ses ennemis qu'il vient de reconnaître sur le trottoir. Puis Cinq Bras et les deux Beurs se mettent à tisonner le second Black, beaucoup moins dessalé que les trois autres, sans doute immigré de fraîche date alors qu'eux sont de purs produits de la banlieue.

Cinq Bras : « Tu sais ce qu'il a mis sur ses papiers, Adama ? Qu'il était commerçant sur un marché à Dakar ! Et qu'est-ce que tu vendais, Adama ? Des tulipes ? Des arachides ? Du manioc ? Des ceintures en croco ? » Chacune de ces propositions est accueillie avec enthousiasme par l'auditoire. Quand on arrive en vue du terrain vague sur lequel doit s'élever le Grand Stade, l'un des Beurs dit : « Tiens, c'est là qu'il y aura le Grand Stade... »

« Le Grand Stade de mes couilles ! » le reprend Cinq Bras.

ÎLE SAINT-DENIS, QUAI DU CHÂTELIER

Que chaque réverbère de ce quai désert, bordé sur plusieurs kilomètres de murs aveugles abritant des entrepôts de grands magasins, et de grilles derrière lesquelles aboient des chiens, que chaque réverbère de ce quai soit cravaté d'une petite oriflamme appelant à la mobilisation nationale contre le Sida me semble une illustration assez comique de l'inanité de cette campagne. Sur le quai du Châtelier, donc, il n'y a rien, à part les murs et les chiens, les lampadaires et les oriflammes, la Seine sur la gauche, et à mi-distance à peu près des deux parties habitées de cette île assez largement dépeuplée, les piliers de la A 86 qui passe au-dessus. À proximité de la pointe sud de l'île, et de l'une des deux agglomérations où sont regroupés les insulaires, une musique d'ambiance, tombant d'invisibles haut-parleurs, signale les approches du centre commercial : une grande boîte percée de quelques trous, jouxtant un carré de bitume d'une surface approximativement égale à celle de la boîte. Au-dessus de la pointe, de ses HLM et de ses équipements sportifs, ondoient deux panaches de fumée grise émanant de la centrale thermique de Saint-Ouen. Sur l'autre rive de l'île, un chemin très étroit, mal entretenu, après avoir traversé un petit campement de caravanes établi au pied des tours d'habitation de la cité Marcel-Cachin, se faufile entre les murs de brique des entrepôts et la berge, abrupte, couverte de végétation, qui fait face à Gennevilliers. J'emprunte ce chemin à la tombée du jour avec l'espoir qu'il ne se terminera pas en cul-de-sac, et la conviction que c'est ainsi qu'il se terminera. Au bout de un kilomètre, environ, peut-être plus, le chemin s'interrompt en effet, et qui plus est à l'intérieur de la cour d'un de ces entrepôts, c'est-à-dire d'un terrain privé, probablement gardé, et de l'autre côté protégé par des grilles, où ma présence fortuite, bien que je n'aie quant à moi commis aucune effraction, ni même franchi la moindre clôture, peut donc être considérée comme une infraction, sinon comme un délit. Un chien de garde, heureusement hors de portée, se met à aboyer, et ses aboiements donnent l'alarme à tous les chiens de ce côté-ci de la Seine, puis, de proche en proche, à ceux de la rive opposée, du côté de Gennevilliers.

Alors que je m'apprête à sortir de l'hôtel, vers sept heures, pour me rendre à Villeneuve-la-Garenne afin de dîner et d'assister à la séance de huit heures et demie du cinéma André-Malraux, le patron, quand je lui fais part de mes projets, me recommande de faire attention à « ne pas sortir plus d'un billet de ma poche » lorsque je paierai ma place. « Autrement, il y a des jeunes qui pourraient vous repérer et vous suivre après la séance... Enfin, rien de spécial, c'est comme ça dans toute la banlieue. » Du coup, toute ma soirée sera empoisonnée par cette histoire de billet. À huit heures et demie, après avoir dîné dans une pizzeria (le seul restaurant visible à l'exception d'un McDonald's, mais je commence à me lasser de leurs hamburgers), ayant isolé, donc, un billet de 50 F, puis l'ayant brandi, solitaire, dans ma main droite sous le nez de la caissière, j'attends le début de la séance dans le hall d'entrée de la salle André-Malraux. À en juger par les dimensions de cette salle, l'abondance du personnel et la rareté de la clientèle, il s'agit d'une salle subventionnée. D'ailleurs, autrement, elle ne s'appellerait pas André-Malraux. Dans le hall, une jolie rousse distribue des prospectus et prodigue à un môme d'une dizaine d'années de patientes explications sur la vie et l'œuvre de Luc Besson. Le public se compose de cinq ou six couples dans le genre travailleurs sociaux ou enseignants, d'une dizaine de jeunes (éventuels clients des premiers) et de quelques filles seules dont une Beur très belle, avec cet air de gravité légèrement douloureuse qu'elles ont souvent, qui se retournera vers les jeunes et les tancera vertement lorsqu'ils se mettront à cha-huter aussitôt après le début du film. À la fin de la séance, vers dix heures et demie, je la regarderai sortir, jeter des coups d'œil de droite et de gauche, puis traverser l'avenue de Verdun, qui est large comme une autoroute, et disparaître de l'autre côté dans l'ombre d'une cité de dimensions colossales. Le spectacle nocturne de cette avenue, baignée d'une lumière jaune assez criminogène, illustre bien la situation absurde dont témoignait aussi la mise en garde du patron : même s'ils ne font rien de plus répréhensible, en général, que de passer d'interminables coups de fil et de se gratter les couilles, les « jeunes » occupent le terrain — c'est-à-dire une demi-douzaine de cabines téléphoniques et quelques hectares de bitume ou de maigre pelouse — et cette occupation le rend impraticable à la majorité des autres habitants. Quoi qu'on puisse penser du bien-fondé de leurs appréhensions, c'est ainsi, comme une sorte de couvre-feu non déclaré.

Lorsque j'approche de l'entrée de nuit de l'hôtel, quai du Moulin, il sort d'une voiture en stationnement un gros type d'une cinquantaine d'années, vêtu d'une veste de cuir noir, qui, me voyant hésiter devant la porte — je n'ai pas de clef de l'entrée de nuit, et cela me gêne de sonner —, semble lui-même en proie à de douloureux atermoiements. Ce n'est qu'au vu de la clef de ma chambre qu'il se décide à sortir de sa poche celle de la porte d'entrée, et, lorsque je lui demande ce qui lui vaut le privilège de détenir cette clef, il me dit qu'il « travaille à la gendarmerie d'à côté ». « Ah, enchaîné-je avec perspicacité, c'est donc que vous êtes gendarme ? —

C'est-à-dire, non, répond-il d'un air infiniment las et réticent, je suis hors service... » Et ce mystère non plus ne sera pas éclairci.

Samedi 3 décembre

Au plafond de la chambre numéro 11 pend une ampoule nue. Sur la table, la télé portative, éteinte, attend le retour de l'ouvrier en déplacement. C'est un décor qui conviendrait à un héros melvillien — flic déchu, tueur trop curieux, balance confondue ou fourgue indélicat — condamné par les circonstances à éviter, pour quelque temps ou pour toujours, la société de ses semblables. La fenêtre donne sur un toit en éternit au-delà duquel on voit un petit jardin à l'abandon, une rangée d'arbres bien taillés, aux branches nues et noires, d'autres toits, d'autres jardins plantés de peupliers ou de saules pleureurs, toute une perspective pavillonnaire qui vient buter contre la silhouette massive du premier de ces entrepôts alignés sur plus de deux kilomètres. Plus loin encore, des tours d'habitation, les cheminées toujours fumantes de la centrale de Saint-Ouen, l'autoroute A 86 franchissant la Seine, les pylônes d'une ligne à haute tension. À partir de neuf heures du matin, les autres bruits — cris de mouettes, échos de la circulation — sont couverts par celui des machines qui décapent la pierre du Vieux-Pont. Dans la salle à manger, Fati, la patronne de l'hôtel (ou la femme du patron), assez élégamment vêtue d'une longue jupe grise et d'un pull blanc, joue aux dames avec un grand type en djellaba qui a des allures de marabout. Le charme de Fati, très éloigné de ce que l'on peut attendre — ou de ce que l'on peut craindre — de la patronne d'un hôtel modeste de la Seine-Saint-Denis, contribue sans doute à l'atmosphère de bonne humeur, de cordialité, qui règne dans la salle à manger de cet établissement. Fati est originaire de Saint-Denis, et cela ne fait que trois ans qu'elle et son mari se sont installés dans l'île. « Il y a dix ans, dit-elle, c'était encore un petit coin bien tranquille. » Désormais, Fati ne se hasarde plus dans la rue après le coucher du soleil (ce qui, bien sûr, témoigne d'une prudence excessive, mais encore une fois les peurs des gens — surtout de gens aussi bienveillants que Fati — doivent être prises en considération, et non traitées par le mépris, si on ne veut pas qu'elles engendrent un jour des monstres). Tout ce quartier central de l'île Saint-Denis est une juxtaposition de pavillons enjardinés, d'immeubles décrépis, souvent murés ou squattés, et de HLM dont les plus récentes, avec leurs carcasses de béton brut hérissées de tuyaux en plastique non raccordés, donnent une impression caractéristique d'inachèvement appelé à se prolonger jusqu'à la ruine (en revanche, avant de prendre la fuite, l'architecte n'a pu résister à la tentation de tailler les pignons en pointe et de les fendre en deux, ou de saupoudrer le tout d'une pincée d'arcades inutiles, si ce n'est peut-être pour se pendre). Rien de tel que ce mélange pour alimenter la trouille des uns et la « haine » des autres. Toujours est-il que non seulement Fati ne sort plus après la tombée de la nuit, mais que, la clientèle potentielle du restaurant se calfeutrant de la même façon, celui-ci est désormais fermé le soir, excepté pour les pensionnaires de l'hôtel. Cercle vicieux : pour cause d'insécurité, les restaurants, les commerces, ferment les uns après les autres — il n'est que de compter, dans n'importe quel quartier chaud, le nombre de vitrines murées, passées au blanc, ou de panneaux « bail à céder » —, et les « jeunes », parmi d'autres justifications de leurs propres conneries, citent volontiers l'absence d'animation de ces quartiers que bien souvent ils ont activement contribué à désertifier. Fati raconte encore comment l'an dernier, Michel (le patron) ayant surpris à l'heure du déjeuner, devant l'hôtel, un « jeune » en train de déménager l'autoradio d'une voiture en stationnement, ce dernier lui enjoignit de se mêler de ses affaires et de le laisser vaquer à ses occupations, faute de quoi les véhicules des ouvriers séjournant à l'hôtel seraient saccagés en représailles. Michel n'ayant pas tenu compte de cette mise en garde, quelques jours passent, et les véhicules garés devant l'hôtel sont effectivement mis à sac. Et lorsque le patron va trouver les flics — magnanime, il ne l'avait pas fait la première fois —, ceux-ci lui expliquent qu'ils ne peuvent rien faire, et lui conseillent d'éviter de contrarier la bande s'il ne veut pas que, la prochaine fois, elle s'en prenne à l'hôtel lui-même... Un peu plus tard, la bande en question braque en plein jour un magasin de vêtements à Villeneuve-la-Garenne, et, de retour d'expédition, vient parader, les bras chargés de fringues, devant la vitrine du restaurant.

Le temps se gâte. Une coulée de gris, en altitude, envahit progressivement le ciel auparavant lumineux. Vues du parc situé au nord-ouest de l'île — l'un des plus pauvrement dessinés qu'il m'ait été donné de visiter — et plus précisément de ce que l'on a cyniquement baptisé « la promenade des Impressionnistes », les cités bâties sur l'autre bord, à Villeneuve-la-Garenne, que l'on aperçoit en retrait de la berge, derrière les masses de terre soulevées et remuées par de formidable excavations — comme si de mésozoïques taupes avaient été lâchées, folles à lier, sur ce terrain —, offrent un spectacle qui invite à se demander en effet comment des gens habitant un tel merdier, des jeunes en particulier, peuvent envisager la société autrement que comme une foire d'empoigne, et l'existence elle-même autrement que comme une véritable purge dont tout est bon pour faire passer le goût.

En fin de matinée, alors que je suis de retour dans le centre de l'île, l'harmonie municipale surgit soudainement, à grand fracas, sous une fine pluie, au coin de l'avenue Jean-Jaurès et de la rue Méchin. En tête vient une banderole sur laquelle il n'y a d'écrit, mais en énormes caractères, qu'un seul mot : « Téléthon ». Qu'est-ce que c'est que ça, « Téléthon » ? Comme s'il allait de soi que ce mot magique se passait de commentaire, comme si la mobilisation d'une fanfare au service de ce concept était elle-même évidente. *In hoc signo vinces !* Comme si ce n'était pas la télévision qui devait refléter la vie, mais le contraire.

À la tombée de la nuit, devant la gare de Saint-Denis, la foule qui se précipite vers le RER, et celle qui en sort, s'écoule à distance respectueuse d'un groupe d'une quinzaine de brutes épaisses, plantées là, au milieu du parvis, apparemment sans autre projet que celui d'inspirer de la frayeur à leurs semblables Tout en muscles, presque sans cou, la boule à zéro pour la plupart, vêtus pour certains comme des flics de science-fiction, pour d'autres comme des basketteurs américains, et pour d'autres encore à la manière des Blues Brothers, les brutes épaisses se livrent à une obscène exhibition de force pure. L'un d'entre eux tient en laisse un rottwciler monstrueux, écumant de fureur, que de temps à autre, avant de le bloquer, il laisse esquisser sans raison apparente une charge contre les passants, avec des aboiements homicides. Au sortir d'une journée de travail, les gens subissent passivement — que pourraient-ils faire d'autre ? — cette ultime avanie, cette ultime humiliation, évitant de lever les yeux sur les mutants, conscients que c'est probablement ce qu'ils attendent pour sélectionner une victime dans le troupeau. Bien qu'il ne lui ressemble en rien, au moins dans le détail, ce spectacle me rappelle la scène finale du *Bleu du ciel*, dans laquelle le narrateur décrit un groupe des Jeunesses hitlériennes jouant frénétiquement des marches militaires sur le parvis de la gare de Francfort. Mais ce qu'il y a de rassurant, si l'on veut, dans la scène dionysienne, c'est que cette phalange de brutes rassemble aussi bien des « Français de souche » que des Noirs ou des Beurs, prouvant ainsi que le Mal est partout, ce qui à tout prendre vaut mieux, au regard de l'avenir, que s'il pouvait apparaître comme l'apanage d'un seul groupe.

Dimanche 4 décembre

Au centre du vieux Gennevilliers, le marché dominical vient de fermer, quelques travailleurs municipaux achèvent de ramasser des épluchures, et de rendre à la place de l'Église son silence et son immobilité de sépulcre. Dans un coin de la place, il reste tout de même un petit café ouvert, où deux forains boivent des ballons de rouge tandis que la patronne déjeune et que le patron, un moustachu assez rogue, revient, porteur d'un camembert, de chez le Tunisien d'en face. L'assiette-horloge affiche trois heures moins le quart. À la télévision, dans une série américaine, un type au visage sévère se penche vers un autre et lui pose cette question foutrement embarrassante : « Oui ou non, avez-vous obéi à l'ordre du colonel Godard de ne pas abandonner l'appareil ? »

Au sortir de cette minuscule enclave villageoise, on se heurte aussitôt aux barres de la cité du Luth, alignées le long de l'autoroute A 86. Encore un endroit où il fait bon vivre. Si, à la limite de cette cité du Luth, on prend sur la droite l'avenue Eugène-Varlin, et dans son prolongement l'avenue des Lots-Communaux, on trouve au bout de cette dernière une passerelle piétonnière, également accessible aux cycles, qui enjambe la A 86 à hauteur de l'échangeur la connectant avec la A 15 et la N 315, puis on redescend vers une petite route, le chemin des Burons, bordée du côté gauche par un immense parc rempli d'automobiles Renault. Plusieurs milliers, toutes neuves, dont on n'est séparé que par un mince grillage, comme une invitation multicolore à un joyeux autodafé de la marchandise (car pour ce qui est de les voler, ils y ont tout de même pensé, et le parc est bordé tout du long par un talus de béton de quelques dizaines de centimètres de hauteur). À l'arrière-plan se dressent au bord de la Seine des montagnes de charbon très joliment ravinées, nervurées, par les pluies de la nuit dernière. À peine a-t-on le temps de passer sous une ligne à haute tension que, sur la droite du chemin des Burons, une sorte de sentier de chèvre s'élève le long du remblai de l'autoroute A 15 jusqu'à l'entrée d'un tunnel pisseux, sans éclairage, qui franchit souterrainement l'autoroute pour déboucher à l'air libre au milieu d'une décharge de matériel électroménager. De la décharge on passe dans une cour — en fait, un simple espace laissé vacant — où des femmes étendent du linge à sécher. Il y en a déjà beaucoup qui sèche aux fenêtres, car si improbable que cela puisse paraître, on a collé dans ce cul-de-sac — ou plutôt on y a laissé, car à en juger par leur état de décrépitude ils sont bien antérieurs à la construction de la A 15 — des immeubles d'habitation, écrasés contre le remblai de l'autoroute, qui les surplombe, coincés entre cette autoroute et la zone industrialo-portuaire de Gennevilliers, et dont le lien le plus direct avec quelque chose qui ressemble plus ou moins à une ville est ce tunnel pisseux et ce sentier de chèvre qui, via le chemin des Burons et la passerelle au-dessus de la A 86, les raccordent à la cité du Luth.

Sous un abribus de l'avenue du Luth, dans la cité du même nom, je lie conversation avec deux lascars d'une vingtaine d'années, dont l'un a l'air d'une petite frappe et l'autre d'un jeune homme avisé. De fil en aiguille, Momo, le jeune homme avisé, me demande si je suis intéressé par « les affaires ». Eh bien non, pas plus que ça. Mais c'est qu'il tient beaucoup, cependant, à me fourguer pour un prix imbattable, et « avec des papiers en règle », tout un lot de magnétoscopes, de caméscopes, de chaînes hi-fi, de téléviseurs et d'autres prothèses existentielles que, justement, je n'ai pas le moindre désir d'acquérir. Il insiste. Et la peur de vexer les gens étant chez moi proportionnelle à l'indifférence qu'ils m'inspirent, je commets l'erreur de lui donner mon numéro de téléphone, le vrai, incapable d'en donner un faux à quelqu'un qui jusqu'à présent ne m'a causé aucun tort. Lui-même, s'excuse-t-il, n'utilise que des cabines téléphoniques pour régler ses affaires, ce qui est assez dire à quel point elles sont régulières. Un peu plus tard, au passage du bus, nous nous quittons bons amis, moi stupéfait d'avoir donné mon numéro de téléphone à un individu aussi éminemment suspect, lui, Momo, à peine moins étonné d'être tombé un dimanche après-midi, sous un abribus, dans la cité du Luth, sur une telle poire.

Lundi 5 décembre

Dans la salle à manger de l'hôtel Campanile de Gennevilliers, de bon matin, je voisine avec une tablée de jeunes gaziers dont je constate avec surprise qu'à peine levés, tout ce qu'ils ont à se dire, c'est pour flétrir, mais alors inlassablement, avec passion, le chauffage à l'électricité. Deux siècles plus tôt — à deux ans près —, on imagine que des jeunes gens du même âge, dans des circonstances équivalentes, se seraient entretenus des succès de Bonaparte en Italie. Un siècle plus tôt — à quatre ans près —, qu'ils auraient commenté avec la même passion l'intervention de Zola dans l'affaire Dreyfus. Mais peut-être avons-nous rêvé tout cela ? Sur le parking de l'hôtel, on entend les glapissements des chiens détenus — par dizaines, par centaines ? — dans le refuge de la SPA situé de l'autre côté des voies du RER, aussi déchirants que s'il s'agissait en fait d'un abattoir — ou d'un centre d'interrogatoire — pour les chiens. Dans le matin lumineux, de même qu'aussi longtemps qu'il put voir le clocher de Verrières, Julien se retourna, je me retourne à plusieurs reprises, en m'éloignant à pied de l'hôtel Campanile, pour contempler sur le toit de ce dernier la banderole ainsi libellée : « Buffets à volonté ».

L'hôtel La Terrasse, comme il se doit, n'en comporte aucune, ou plutôt celle-ci n'est qu'un simple trompe-l'œil, en fait un débarras rendu inaccessible par la densité des objets qui l'encombrent. Ma chambre, au second étage, est située exactement au-dessus du lampadaire en fonte qui marque le coin de la rue Letort et de la rue Belliard. Juste en face, devant l'enseigne du Royal-Clignancourt, le boulevard Ornano avale ou régurgite des flots d'automobiles à destination ou en provenance des boulevards extérieurs ou du périphérique. De ma fenêtre — laquelle ne peut guère se fermer qu'à coups de poing, en prenant soin de ne pas taper dans une vitre —, je contrôle également trois accès à la station de métro Porte-de-Clignancourt et un grand nombre d'arrêts d'autobus. L'hôtel est assez sale, la clientèle généralement louche et bruyante, et il manque une ampoule au lustre quadripartite suspendu comme une épée de Damoclès au-dessus de ma tête. M'étant rendu à pied jusqu'au bistrot de Mimi, au coin de la rue Championnet, sans plus lui adresser la parole que lors de ma première visite, au mois de juin, je la trouve fatiguée et peut-être un peu vieillie : comme le temps passe.

Sous l'échangeur de la porte de la Chapelle, niché dans une étroite ouverture triangulaire entre les piliers du périphérique et ceux d'autres voies

aériennes, se trouve un square, peut-être le plus sau-
grenu, le plus bruyant, le plus inaccessible et donc le
moins fréquenté de tout Paris. Six arbres relative-
ment vigoureux, gorgés de gaz carbonique, un bout
de pelouse et trois bancs composent le décor de ce
square. Assis sur celui des trois bancs qui fait face au
périphérique, je vois sur ma gauche, assise elle-
même contre un pilier de ce dernier, devant la grille
d'entrée, inévitablement peinte en vert, du Centre
public d'accueil des déchets valorisables (depuis
quand accueille-t-on les déchets?), une Tzigane
emmitouflée qui fait la manche en un point judicieu-
sement choisi, puisque toute la circulation pédestre
entre Paris et La Plaine-Saint-Denis doit emprunter
cet étroit passage. Elle tient sur ses genoux, également emmitouflé, un pseudo-bébé, pseudo dans la
mesure où, pendant les pauses, il se débarrasse vigou-
reusement de ses langes pour courir et sauter sur son
bout de trottoir. Au feu tricolore qui règle la circulation en provenance de Saint-Denis, également sous
le périphérique, deux mômes, un garçon et une fille,
un peu plus âgés que le pseudo-bébé, ont dressé
quant à eux un guet-apens lave-glaces. Quand par
hasard un automobiliste accepte leurs propositions,
il se fait régulièrement incendier par les véhicules
qui le suivent dès que le feu repasse au vert, ce dont
certains tirent parti pour prendre la fuite sans payer.
Rien de tout cela n'affecte la bonne humeur des deux
mômes, qui me deviennent de plus en plus sympathiques au fur et à mesure que je les observe, alors
qu'a priori je les considérais de l'œil soupçonneux
de l'automobiliste qui s'est un jour ou l'autre fait
barbouiller ses vitres contre son gré. Outre leur ténacité, c'est leur gaieté qui me les rend sympathiques.

Ils me font penser au gamin d'un livre de Knut Hamsun dont j'ai oublié le titre. Et si l'un des deux, plus tard, devient écrivain, il est certain qu'il aura d'autres choses à raconter que la plupart. Dans le rail de sécurité, sous le feu tricolore, ils ont coincé un transistor qui leur permet de travailler en musique. À un moment donné, un grand Noir dégingandé, bâté d'un sac à dos, vient soupeser le transistor et engager avec eux, essentiellement par gestes, une négociation qui suscite l'hilarité des trois parties prenantes. Sur l'autre versant du périphérique, du côté de La Plaine, l'impasse Marteau, dont il est difficile de déterminer si elle se situe encore à Paris ou déjà à Saint-Denis — peut-être nulle part —, marque l'ultime degré, au même titre que la cité du chemin des Burons à Gennevilliers, dans l'expérimentation des limites de la résistance humaine en matière de logement. Faufilée entre le soubassement du périphérique et le cimetière de La Chapelle, elle donne d'un côté sur des tombes et de l'autre sur des embouteillages. Scellée dans le mur d'un des immeubles de l'impasse, une plaque nous apprend qu'ils ont échappé, malheureusement pour leurs actuels occupants, au bombardement allié du 21 avril 1944 (dans le cimetière de La Chapelle, un monument discret signale l'emplacement où « reposent les restes non identifiés des personnes inhumées dans le cimetière et dont les corps ont été dispersés lors des bombardements aériens du 21 avril 1944 ». Il s'agit donc de morts déterrés par les bombardements : en somme, deux fois morts). Le plus grand de ces immeubles présente une longue façade de brique, percée de nombreuses fenêtres dont l'une régurgite un vieux tapis en train de prendre l'air. En dépit de la douceur

de la température, c'est l'une des deux seules fenêtres ouvertes, l'autre encadrant la tête rouge et exor-
bitée, comme à la recherche d'une mauvaise querelle, d'un type que mes allées et venues ont dû
alerter. Derrière une autre fenêtre, fermée celle-là, à
côté d'une plante verte, on devine la silhouette d'une
très vieille femme assise, d'une immobilité de souche,
image terrifiante de ce que peut être la fin d'une vie,
une fois déconnectée de toutes les autres. Au fond
de l'impasse, l'entrée latérale d'un immeuble neuf,
qui donne sur le périphérique, est souillée de ce
graffiti : « Ta mère la pute, sale gardien », et sur la
loge de ce dernier on remarque ce post-it : « Je suis
à l'hôpital. Le gardien », le second message étant
peut-être lié au précédent par une relation de cause
à effet.

Avenue du Président-Wilson, à La Plaine-Saint-
Denis, j'entre dans un restaurant sur la vitrine duquel
est affiché un tract expliquant et louant la grève des
comédiens-doubleurs. Il est évident que ce restaurant
n'a rien à voir avec la population autochtone du
quartier : outre que les habitants de La Plaine n'ont
aucune raison de se soucier de la grève des comédiens-doubleurs, cela ressort aussi bien de la carte
— carpaccio, etc. — que des tarifs, ou de l'atmosphère générale de futilité, de fébrilité, de fausse
camaraderie et d'extrême contentement de soi qui
émane de la clientèle uniformément jeune, et plutôt
jolie, voire très jolie en ce qui concerne les filles. Tout
d'abord, ça ne me déplaît qu'à moitié. Puis trois petits
cons viennent envahir ma table sans me demander
mon avis, parlant fort, se vautrant sur les chaises dans
des poses languissantes, et la fureur me prend, je sors
précipitamment du restaurant, regrettant vaguement

de ne pas avoir osé provoquer un esclandre avec les trois petits cons. L'explication de cette greffe de branchure sur un quartier aussi déshérité me sera donnée peu après, par un petit vieux sans veste, en pantoufles, qui m'aborde pour me demander du feu. « On est quoi, le 5 ? C'est bon, j'touche ma retraite vers le 15 ! » Puis, fièrement comme il se doit, il attire mon attention sur des oriflammes qui flottent au-dessus d'un bâtiment moderne bâti un peu en retrait de l'avenue, et qui portent les couleurs d'*A.B. Production, Club Dorothée.* Sans doute est-ce de ce cloaque chic qu'émanent les bouffeurs de carpaccio. Lors d'une seconde tentative pour déjeuner, un peu plus loin, je pénètre dans un bistrot beaucoup plus ordinaire que le premier, au comptoir duquel un vieux type, noir, avec d'abondants favoris, et beau parleur, s'entretient avec le garçon. « Méfie-toi de la femme : c'est la plus dangereuse des créatures ! Elle peut te dé-tu-ruire ! » martèle le vieux en détachant bien les syllabes et en roulant les « r ». Le garçon : « Y a qu'à voir les Romains, s'ils ont perdu leur Empire, c'est en Égypte... » Mais sa tirade sur Cléopâtre est coupée net par le vieux, qui n'envisage pas le moins du monde de lui céder la parole, et enchaîne aussitôt sur une histoire particulièrement scabreuse mettant en scène une pute, un maquereau, un client et le sperme de ce dernier. Plus tard, alors que j'ai perdu le fil de ses élucubrations, j'attrape au vol cette dernière réplique : « Vous êtes peintre ? Vous cherchez du travail ? Eh bien, vous n'avez qu'à peindre le ciel ! Comme ça vous en aurez pour un moment ! »

Rue de la Chapelle, ayant marché presque toute la journée, je décide d'attendre dans l'église Saint-Denys que la nuit tombe, ce qui ne saurait tarder.

Quand j'y pénètre, l'église est vide — à l'exception de l'inévitable vieille bigote qui furète et ramone, et vous considère d'un œil aussi soupçonneux que si tous les gens qui entraient dans une église le faisaient invariablement dans le seul but de piller le tronc — mais peu de temps après survient une jeune femme athlétique, probablement antillaise, les cheveux coupés court, l'allure d'une championne de natation et les bras chargés de sacs à provisions, qui file droit sur la statue de saint Joseph, dépose ses paquets, et allume un cierge à l'intention de ce dernier. Du banc où je suis assis, dans la nef, je vois ses lèvres remuer, tandis qu'elle tient ses yeux braqués sur ceux de la statue, puis, dans le feu de la conversation, sa main droite se poser sur le pied gauche du saint et ne plus le lâcher, comme si, par ce geste si familier, si intime, elle voulait le rapprocher d'elle, ou s'assurer du moins qu'il lui accorde bien toute son attention.

La nuit est tombée, comme convenu. Dans l'étroite entrée de l'hôtel — s'il y avait le feu, on peut considérer qu'au-delà du second étage, personne n'aurait la plus petite chance de s'en tirer —, un type très grand, très baraqué, vêtu d'une longue veste de cuir noir, avec une gueule de tueur comme on en voit peu, les cheveux arrachés par poignées sur le crâne et sur la nuque, attend en compagnie d'une pétasse le dénouement d'une affaire sordide. Apparemment, le type vient de plaquer une fille, qui habitait avec lui à l'hôtel, pour se mettre en ménage avec celle qui lui tient compagnie dans l'entrée. Les deux filles se connaissent. Le type voudrait récupérer ses affaires dans la chambre, mais, si possible, en évitant toute discussion avec l'évincée. Le type, s'adressant au réceptionniste : « Dites-lui que Salah et Soraya sont là, dites-lui qu'elle descende simplement les affaires. » À en juger par la mine du réceptionniste, l'évincée, avec laquelle il s'entretient par téléphone, ne l'entend pas de cette oreille. Quant à Soraya, on sent qu'elle préférerait éviter de lui être confrontée, mais Salah, de son côté, a souverainement décidé que c'était à elle de mener les négociations. « Ma parole, moi j'ai rien à lui dire. Et si vous commencez à discuter (il doit s'agir d'un euphémisme), moi je t'attends pas... — Mais tu peux pas me laisser, tu as dit que tu me conduirais à Ménilmontant », proteste Soraya, que l'exemple de la précédente n'a pas instruite, semble-t-il, de ce qui l'attend.

Au milieu de la soirée, rue de la Goutte-d'Or, le vent, qui s'est levé soudainement, fait tourbillonner la poussière des immeubles en démolition. Plus tard, lorsque je sors du restaurant, il s'est mis à pleuvoir. Au coin de la rue Doudeauville et du boulevard Barbès, en traversant ce dernier d'est en ouest, je shoote par mégarde dans une boîte de bière vide qui atterrit quinze mètres plus loin, bruyamment, entre les pieds d'un type d'une cinquantaine d'années qui traversait devant moi. Le type se retourne brusquement, vaguement inquiet, puis, voyant ma mine défaite, il se marre : « Alors qu'est-ce qui se passe ? C'est la guerre d'Algérie ? » Je lui explique que j'ai shooté par mégarde dans la boîte. « C'est pas grave ! C'était un rêve... » Le type se marre de nouveau, moi aussi, et comme il me semble qu'à ce moment tout malentendu est dissipé entre nous, je n'ose pas lui demander ce qu'il entendait exactement par « c'était un rêve ».

Mardi 6 décembre

Dans l'après-midi, entre Anvers et Barbès, des foules considérables, débordant largement sur la chaussée, se pressent devant les grands magasins pour les pauvres (et pour les snobs), Tati en particulier. La même animation, mais devant des boutiques de dimensions plus modestes, se retrouve tout au long de la limite sud du quartier de la Goutte-d'Or. Par la rue Philippe-de-Girard je remonte vers Marx-Dormoy, lorsque au coin de cette rue et de la précédente une grappe humaine s'agglutine en courant autour d'une voiture et la contraint à stopper. On a l'impression que le conducteur va se faire lyncher. Très vite, cependant, la foule comprend qu'il n'est pas fautif et se désagglutine. En fait, il semble que le pare-chocs arrière de la voiture, à l'insu de son conducteur, ait accroché une petite fille qui s'était jetée dessus, et qui du coup s'est fait traîner sur une quinzaine de mètres. La petite fille n'a pas une égratignure. Entre-temps, cet incident a suscité l'intérêt d'un groupe de commères réunies dans le café d'en face, qui délèguent l'une des leurs pour s'enquérir. Trop pressée de s'acquitter de sa mission, celle-ci se précipite sans regarder au milieu de la circulation du carrefour et manque de se faire écraser pour de bon.

AUTODAFÉ

Du fond de la rue Ramey, un peu avant dix heures du soir, s'avance vers le carrefour de la rue de Clignancourt un étrange cortège d'une centaine de personnes, jeunes pour la plupart, dont certaines brandissent au bout de longues perches des petits panneaux rectangulaires marqués d'un chiffre. Sur les flancs du cortège vont et viennent, comme dans n'importe quelle manifestation, des types armés de mégaphones qui indiquent aux brebis ce qu'il faut crier ou chanter. La seule différence avec une manifestation ordinaire, c'est que dans ce cas il s'agit du Notre-Père et du Je vous salue Marie. En tête du cortège marche une sorte de grand scout efflanqué, myope, équipé d'un sac à dos, qui tient à deux mains une perche sensiblement plus longue que les autres et se terminant par un crucifix. Autant les manifestations de piété individuelles et silencieuses — l'Antillaise qui priait hier soir saint Joseph — me touchent et me font même regretter quelquefois de n'être pas croyant, autant les manifestations collectives et ostentatoires dans le genre de celle-ci me mettent mal à l'aise. Entre les deux, me semble-t-il, il y a la même différence qu'entre la religion des anachorètes et celle des télévangélistes. Dans ce défilé, il y a même quelque chose qui me révulse — le crucifix au bout de sa longue perche — ce dont je ne trouverai l'explication, curieusement, que beaucoup plus tard : c'est la même perche au bout de laquelle on approchait

169

le crucifix des lèvres des suppliciés de l'Inquisition, et c'est également ainsi que, dans l'imagerie traditionnelle, on le présente à Jeanne d'Arc sur son bûcher. Au coin de Ramey et de Clignancourt, le cortège bifurque brusquement sur la droite et s'engage dans la montée menant au Sacré-Cœur, laissant dans son sillage, sur le pas de leur porte, une demi-douzaine d'épiciers arabes pensifs ou goguenards.

Mercredi 7 décembre

En fin de matinée, ayant débarqué à Marcel-Sembat — trente-cinquième et antépénultième station de la ligne Mairie-de-Montreuil - Pont-de-Sèvres — puis emprunté la rue des Quatre-Cheminées, je me présente à la réception de l'hôtel Bijou, où une forte dame blonde me signifie avec hauteur que ma chambre n'est pas prête. Je laisse donc mon bagage dans un petit local aux murs couverts de tableaux montmartrois, la plupart envisageant le Sacré-Cœur sous tous les angles possibles et imaginables, ce qui fait de cette série de croûtes un raccourci de mon propre voyage. Dans l'après-midi, par défaut d'imagination, parce que je me sens irrésistiblement enclin à revenir sur mes pas, à me satelliser une fois pour toutes sur une orbite invariable, je retourne à Nanterre afin d'y inspecter les travaux de l'esplanade Charles-de-Gaulle. L'École du Ballet de l'Opéra de Paris, de Portzamparc, est en voie d'achèvement. Le mur extérieur est même déjà couvert, jusqu'à hauteur d'homme, de ces tags informes, macaroniques, qui marquent le degré zéro du vandalisme et de l'expression spontanée. Au milieu de l'esplanade, depuis ma dernière visite, on a creusé une grande poubelle cylindrique d'une quinzaine de mètres de diamètre et d'à peu près autant de profondeur, au fond de laquelle sédimente déjà une bonne couche de détritus, et d'où émergent deux lampadaires bulbeux de taille inégale. Peut-être cette obstination de l'architecture contemporaine à rappeler, par quelque détail sordide au milieu des aménagements les plus ambitieux, avant même qu'ils soient achevés, leur vocation à se dégrader et à disparaître, est-elle en quelque sorte l'équivalent d'un mémento mori ? Pour échapper à la pluie, qui dès le début de l'après-midi s'est mise à tomber sans discontinuer, je reprends le métro, j'y décris de longs trajets au hasard avant de faire surface à Trocadéro (venir en surface, stopper les moteurs électriques, lancer les diesels). *Le Monde* est enfin arrivé dans les kiosques — une heure de lecture si je prends mon temps et si je lis même les pages que d'habitude je néglige —, la pluie a cessé, et le soleil, avant de disparaître, éclaire somptueusement le dôme des Invalides, tout un pan du palais de Chaillot, le sommet des arbres dans le parc du Trocadéro et les étages supérieurs des immeubles regardant vers l'ouest.

De retour à Marcel-Sembat, dans l'escalier qui débouche au coin de l'avenue Édouard-Vaillant et du boulevard de la République, je retrouve le mort du mois de juin couché perpendiculairement aux marches, toujours mort, ou mort de nouveau. Il est veillé cette fois par trois compagnons d'infortune, deux types costauds et une fille, le plus costaud des deux types tenant sur ses genoux la fille, blonde, lunettée de noir, cultivant des allures de star déchue. Ils ont aussi un chien. Lorsque, sur sa demande, je donne une pièce à la fille, celui qui ne l'a pas sur ses genoux apostrophe l'autre : « Tu vois bien que c'est pas tous des ordures ! — Oui, rétorque l'autre, mais (désignant la fille) je te ferai remarquer qu'il l'a vue ! » Tous trois rient grassement, puis, tandis que je m'éloigne, la controverse se poursuit sur le point de savoir si la lubricité est la seule cause de mon geste, et si ce dernier, par conséquent, infirme, confirme ou atténue la thèse relative aux ordures. En ce qui me concerne, je me contenterais volontiers, pour ce soir, de n'être une ordure qu'à demi.

Au-dessus de l'hôtel Bijou le ciel se divise en deux parties égales : une moitié bleue, une moitié gris-rose, la seconde striée de plis aussi réguliers que les côtes d'un velours. Par la fenêtre de la chambre numéro 15, qui donne sur le carrefour des rues Victor-Griffuelhes, de Clamart, du Vieux-Pont-de-Sèvres et des Quatre-Cheminées, je vois les toits pyramidaux du marché couvert, le dallage tricolore, les lampadaires à quatre boules, enfin la façade de l'hôtel Phénix, avec son enseigne lumineuse disposée juste en dessous de la fenêtre à travers laquelle, dans la soirée du 5 juin, tandis que le débarquement de Normandie faisait rage à la télévision, je pouvais voir au-dessus de l'hôtel Bijou le ciel se couvrir progressivement, en altitude, d'une couche homogène de très petits nuages gris pommelés. Située au second étage, ma chambre à l'hôtel Bijou comporte un poste de télévision que l'on peut regarder, allongé, sans perdre de vue la fenêtre, un lit garni d'une mince courtepointe de couleur mauve, une armoire, une table et deux chaises, le tout éclairé par un lustre doré à trois ampoules, du même style Louis XV que les appliques disposées de part et d'autre du lit. La tonalité générale de cette chambre est brunâtre. À cinq heures un quart, les lampadaires à boules s'allument sur la place du marché, et une demi-heure plus tard il fait nuit noire.

Jeudi 8 décembre

Avenue Jean-Jaurès, derrière la vitrine éclairée du supermarché Atac, un type en blouse blanche se débat parmi les cartons empilés et les alignements de caddies emboîtés les uns dans les autres. À sept heures et demie, le 123 passe régulièrement dans les deux sens, tant en direction de la porte d'Auteuil que de la mairie d'Issy. Les éboueurs sont à l'œuvre, de même que les boulangers, les marchands de journaux et la plupart des cafetiers. La devanture de la boucherie Ouberrane, viande halal, s'éclaire à l'instant même où je passe devant elle. L'absence des merles, ce matin, est plus ou moins compensée par la présence inattendue d'un couple de tourterelles turques, serrées l'une contre l'autre et toutes roucoulantes, dans le dernier arbre de l'avenue qui ait conservé quelques feuilles. Un bruit d'hélicoptère se fait entendre, ce qui est encore assez rare avant le lever du jour. Place du Pont-de-Billancourt, l'espace s'élargissant soudainement, on constate qu'il fait froid et que le vent souffle dur. Sur l'autre rive, les deux cheminées de l'incinérateur d'ordures, le chef couronné de lumières rouges, dégagent toujours d'aussi abondantes fumées blanches, mais le vent ne leur laisse pas le temps de s'épanouir. Parfois, entre deux bourrasques, une volute plus épaisse parvient à s'élever verticalement, à se rengorger, à faire un peu de danse du ventre avant d'être rabattue vers le sol et dispersée en tous sens. Vers huit heures, alors que je m'engage sur le pont et qu'une vague lueur apparaît derrière les collines de Sèvres et de Meudon, trois hérons s'élèvent en même temps au-dessus du parc de l'île, deux qui filent vers l'aval en suivant le cours de la Seine, et un troisième que le vent repousse brutalement vers Billancourt, où il va s'égarer au-dessus de l'avenue Jean-Jaurès (et qu'on n'en parle plus...). Passé la limite d'Issy et de Meudon, je prends sur la gauche la rue de Vaugirard en direction du pont de chemin de fer.

DU MÊME AUTEUR

Aux Éditions Gallimard

CYRILLE ET MÉTHODE, 1994.

JOSÉPHINE, 1994.

ZONES, 1995 (Folio n° 2913).

L'ORGANISATION, 1996. Prix Médicis 1996 (Folio n° 3153).

CAMPAGNES, 2000.

Aux Éditions P.O.L

LA CLÔTURE, 2002 (Folio n° 4067).

CHRÉTIENS, 2003 (Folio n° 4413).

TERMINAL FRIGO, 2005.

L'HOMME QUI A VU L'OURS, 2006.

Chez d'autres éditeurs

JOURNAL DE GAND AUX ALÉOUTIENNES, J.-C. Lattès, 1982, Petite Bibliothèque Payot, 1992.

L'OR DU SCAPHANDRIER, J.-C. Lattès, 1983.

LA LIGNE DE FRONT, Quai Voltaire, 1988. Prix Albert-Londres 1988, Petite Bibliothèque Payot, 1995.

LA FRONTIÈRE BELGE, J.-C. Lattès, 1989, L'Escampette, 2001.

C'ÉTAIT JUSTE CINQ HEURES DU SOIR, avec Jean-Christian Bourcart, Le Point du Jour, 1998.

TRAVERSES, NiL, 1999.

DINGOS, suivi de CHERBOURG-EST/CHERBOURG-OUEST, Éditions du Patrimoine, 2002.

Composition et impression Bussière
à Saint-Amand (Cher), le 13 juin 2006.
Dépôt légal : juin 2006.
Premier dépôt légal dans la collection : décembre 1996.
Numéro d'imprimeur : 062283/1.
ISBN 2-07-040165-0./Imprimé en France.

145465